Erläuterungen und Dokumente

E. T. A. Hoffmann
Der Sandmann

Von Rudolf Drux

Philipp Reclam jun. Stuttgart

E. T. A. Hoffmanns Erzählung *Der Sandmann* liegt unter Nr. 230 in Reclams Universal-Bibliothek vor. Auf diese Ausgabe beziehen sich die Seiten- und Zeilenangaben in den Erläuterungen.

Universal-Bibliothek Nr. 8199

Gesamtherstellung: Reclam, Ditzingen. Printed in Germany 2000

ISBN 3-15-008199-8

Inhalt

I. Wort- und Sacherklärungen

Hoffmanns Werke werden mit Angabe der Band- und Seitenzahl nach folgender Ausgabe zitiert:
E. T. A. Hoffmann: Sämtliche Werke in 6 Bänden. Nach dem Text der Erstausgaben unter Hinzuziehung der Ausgaben von Carl Georg von Maassen und Georg Ellinger. München: Winkler, 1960–81. (Bd. 1: Fantasie und Nachtstücke; Bd. 2: Die Elixiere des Teufels / Lebensansichten des Katers Murr; Bd. 3: Die Serapions-Brüder; Bd. 4: Späte Werke; Bd. 5: Schriften zur Musik; Bd. 6: Nachlese.)

[Titel] *Der Sandmann:* Die grausame Gestalt des Ammenmärchens (vgl. 5,8 ff.) gibt Hoffmanns Erzählung den Titel. Mit ihr leitet er seine Sammlung der *Nachtstücke* ein, deren erster Teil 1816, deren zweiter 1817 bei Georg Andreas Riemer in Berlin erschien. Für den Druck von 1816 hat Hoffmann die erste Niederschrift überarbeitet, die er mit der präzisen Angabe unterhalb des Titels versah: »d. 16. Novbr. 1815 Nachts 1 Uhr.« Das Manuskript hat Carl Georg von Maassen im 3. Band seiner historisch-kritischen Ausgabe abgedruckt (S. 354–386) und Ulrich Hohoff in die Synopse der verschiedenen *Sandmann*-Fassungen einbezogen. Damit die für das Verständnis der Erzählung wichtigen Änderungen nachvollzogen werden können, sind die entsprechenden Textpassagen im Anhang der *Sandmann*-Ausgabe aufgeführt (S. 43–45).

3,4 *Clara:* Hoffmann verwendet gerne sprechende Namen. Bei Clara, der ›Hellsichtigen‹, ›Vernünftigen‹, die aufgeklärte Positionen vertritt, ist das offensichtlich. Auch Siegmund (vgl. ahd. *-munt* ›Schutz‹) wird schon durch seinen Namen als fürsorglicher Freund gekennzeichnet, der »es sehr treu« mit Nathanael meint (33,30). Bei diesem ist die Bedeutung des Appellativs schwerer zu bestimmen; seine fremde Herkunft scheint die Andersartigkeit seines Trägers zu symbolisieren. Das hebräische Wort ist mit dem griech. *Theodor* (›von Gott geschenkt‹) synonym. Zieht er die Mächte der Finsternis in besonderem Maße an, die den »von Gott Gegebenen« vernichten wollen? Das ist wohl ebenso spekulativ wie die Annahme, die Identität mit dem (zweiten) Vornamen des Autors verweise auf autobiographische Züge in Nathanaels Lebensweg.

3,5 f. *mein holdes Engelsbild:* Das »Engelsbild« ist das Kosewort, mit dem Nathanael seine Braut am liebsten bedenkt (vgl. 17,4 f.). Er bleibt im Sinnbereich engelhafter Wesen, wenn er später Olimpia als »herrliche, himmlische Frau« (31,12 f.) anschwärmt oder ihre Wortkargheit damit entschuldigt, daß sie »ein Kind des Himmels« sei (34,33 f.). Nach seiner zwischenzeitlichen Genesung erkennt er »erst recht Claras himmlisch reines, herrliches Gemüt« (38,34 f.) und erhebt sie zu einem »Engel«, der ihn »auf den lichten Pfad« zurückgeführt habe (39,2). Hierin zeigt sich nicht nur, daß Nathanael die geliebten Frauen in die Unwirklichkeit des Engelhaft-Reinen erhöht, sondern auch die von ihm vollzogene Ersetzung der weiblichen Bezugspersonen. Er kann Clara und Olimpia mit demselben Vokabular belegen, weil sie für ihn weitgehend austauschbar sind.

3,15 f. *wie schwarze Wolkenschatten:* In der Wettermetaphorik drücken sich Gefühlslagen und Stimmungswechsel aus. Nathanaels düstere Ahnungen finden eine Parallele in Claras Betrübnis, die bei der Trennung »die ersten Wolkenschatten« in ihrem Leben spürt (20,18 f.). Die starke Hell-Dunkel-Kontrastierung entspricht außerdem dem Genre ›Nachtstück‹, wie es von Georges de La Tour (1593–1652) und Caravaggio (1573–1610) entwickelt und von niederländischen Malern der Renaissance (z. B. Honthurst, Rubens, Rembrandt, P. Brueghel d. J.) gestaltet wurde. So tritt das häßliche Gesicht des Coppelius im »helle[n] Schein der Lichter« (7,8) scharf hervor, und im dunklen Zimmer verzerren die Flammen des Herdes die

Gesichtszüge des Vaters »zum häßlichen widerwärtigen Teufelsbilde« (9,5 f.), was an die Darstellung eines »Rembrandtschen oder Höllenbreughelschen Gemäldes« erinnert, »das nun ins Leben getreten« ist, wie es in der 7. Vigilie des *Goldnen Topfs* heißt (I,221).

3,24 *für einen aberwitzigen Geisterseher:* Als »Geisterseher« wird in der Umgangssprache jemand bezeichnet, der statt wirklicher Dinge ›Geister sieht‹, der also für real hält, was seiner Einbildung entstammt. Das Attribut ›aberwitzig‹ (ohne Witz/Verstand) kennzeichnet ihn als unvernünftig und unbesonnen. Der berufsmäßige Geisterseher hingegen besitzt die Fähigkeit, Übersinnliches wahrzunehmen und Geister erscheinen zu lassen. Darauf hebt der Titelbegriff von Schillers fragmentarischem Roman *Der Geisterseher. Aus den Memoires des Grafen von O*** (1787) ab, der gegen Ende des 18. Jahrhunderts ein ganzes Genre nach sich zog. Hoffmann hat ihn sehr geschätzt und im Nachtstück *Das Majorat* als »das Buch« erwähnt, das »damals jeder, der nur irgend dem Romantischen ergeben, in der Tasche trug« (I,496).

3,27 f. *am 30. Oktober mittags um 12 Uhr:* Die genaue Zeitangabe verrät, wie fest sich Nathanael den Besuch des Wetterglashändlers eingeprägt hat, und beschwört die Authentizität seiner Erscheinung. Im Volksglauben gilt die Mittagsstunde als geisterhafte Zeit, in der griechischen Mythologie ist sie die des panischen Schreckens. Auch in Hoffmanns Erzählung *Das öde Haus* geschehen unerhörte Dinge um 12 Uhr mittags, und in Eichendorffs *Das Marmorbild* (1817) entfaltet die zauberische Venus ihre ganze Pracht unter gleißender Mittagssonne. Mit Coppolas Auftritt zu Beginn der Erzählung korrespondiert der des Coppelius an ihrem Ende; der war – gleichfalls zur Mittagsstunde – »nach dem Markt geschritten« (40,16), womit sich die Katastrophe, die mit dem Wetterglashändler eingeleitet wird, vollendet.

3,28 *Wetterglashändler:* Das Wetterglas ist ein Instrument zur Prognose des Wetters; es entspricht dem Barometer, beruht jedoch auf recht zweifelhaften physikalischen Voraussetzungen (vgl. Orlowsky, S. 66).

3,32 f. *ganz eigne, tief in mein Leben eingreifende Beziehungen:* Gewiß ist Nathanael durch Coppolas Auftauchen so verwirrt, daß er den Brief an Lothar an dessen Schwester adressiert; aber er ist sich durchaus noch darüber im klaren, daß die ihn prägenden Ereignisse der Kindheit, die er im folgenden wiedergibt, erst durch das »ganz eigne« Erleben bedeutungsvoll werden. Im Laufe der Geschichte verfestigt sich jedoch in ihm der Gedanke, er sei ein Opfer finsterer Mächte, die, von außen auf ihn eindringend, sein Leben zerstörten. Damit ersetzt er eine psychologische Betrachtung seiner Ängste durch eine metaphysische Erklärung.

3,34 *unglückseligen:* hier: Unglück bringenden, unseligen.

4,3 *aus meiner frühern Jugendzeit:* Bei der Identifizierung des Sandmanns mit Coppelius ist Nathanael zehn Jahre alt (vgl. 6,10); bis dahin hatte sein Grauen vor der schrecklichen Sandmann-Gestalt jedoch schon »Jahre lang« (5,32) angehalten. Mit ihr wird er also in seiner Kindheit, spätestens mit sieben bzw. acht Jahren konfrontiert. Jedenfalls geht Nathanaels Fehlentwicklung nicht auf eine »*früh*kindliche Urszene« zurück (Safranski, S. 414). Im Gegensatz zum »psychoanalytischen Denkmuster« (ebd.) leitete die damalige Medizin nämlich Psychosen aus der *späten* Kindheit ab – in der Annahme, daß im Alter von ca. zehn Jahren sich das Vorstellungsvermögen ausbilde und die Phantasie die Kräfte der Vernunft am deutlichsten dominiere (vgl. Hohoff, S. 310).

4,10 *wie Franz Moor den Daniel:* In Schillers Drama *Die Räuber* (V,1) bittet Franz Moor seinen Diener Daniel, er möge ihn, um seine schuldbeladenen Alpträume zu verscheuchen, »derb« auslachen. Auf der Basis ihrer vernünftigen Einsicht glaubt sich Clara befähigt, Coppola aus Nathanaels Träumen »mit lautem Lachen fortzubannen« (15,16 f.). Sie irrt: wer zuletzt »laut lachen« kann, ist Coppola, und zwar nachdem er sein Perspektiv an Nathanael verkauft hat (28,5). So weist über dieselbe Gefühlsäußerung diese Szene auf Nathanaels Ende voraus, das Coppelius mit »hämischem Lachen« prophezeit (vgl. 40,18 ff.).

4,12 f. *mein Geschwister:* hier kollektiver Singular (Brüder und/oder Schwestern). Im Text ist die Rede von der »jüngste[n] Schwester«, um die sich die alte Kinderfrau kümmert (5,7), und beim Tod des Vaters werden die heulenden »Schwestern« erwähnt (11,16 f.). Diese spielen dann in der weiteren Geschichte keine Rolle mehr; statt dessen tritt das verwaiste Geschwisterpaar Lothar und Clara auf, das von der »Mutter ins Haus genommen wurde« (19,8 ff.).

4,33 f. *Es gibt keinen Sandmann, mein liebes Kind:* Die Mutter erläutert die Redensart »der Sandmann kommt«, indem sie deren eigentliche Bedeutung (»so will das nur heißen«) darlegt. Der Knabe nimmt die Metapher aber wörtlich, d. h. er bezieht, was für die sprachliche Weltaneignung des Kindes nicht ungewöhnlich ist, einen übertragenen Ausdruck auf Phänomene der Wirklichkeit. Damit ist das Grundschema von Nathanaels verrückter Wahrnehmung vorgegeben: die Ersetzung realer Gegebenheiten durch Gestalten seiner Phantasie (vgl. J. Schmidt, Kap. III/2).

5,1 f. *kindischen Gemüt:* kindlichen Gemüt.

5,7 f. *wartete:* versorgte, kümmerte sich um (die »Wartefrau« versorgt und pflegt »die jüngste Schwester«).

5,8 f. *»Ei Thanelchen«:* Die Anrede mit dem Kosenamen, dem Diminutiv von Nathanael, läßt eine kindgerechte Antwort erwarten; statt dessen wird die gängige Version, die die Mutter erzählt, durch die Aufnahme eines Märchenelementes, der zur Strafe ausgestochenen Augen, brutalisiert, so daß die zur Disziplinierung ungehorsamer Kinder erfundene Sandmann-Gestalt »im kindischen Gemüt« zum traumatischen Symbol wird: als »ein fürchterliches Gespenst« (5,27 f.) vereinigt sie alles Schreckliche, was dem »Thanelchen« widerfährt, auf sich und zwingt seine Welterfassung unter das Zeichen »des Wunderbaren, Abenteuerlichen« (6,3 f.).

6,1 *den fabelhaften Sandmann:* den Sandmann aus der Fabel, d. h. dem Ammenmärchen.

6,17 f. *ein feiner seltsam riechender Dampf:* Die subjektive Sicht auf die Geschehnisse in seiner Kindheit, die Nathanael in Briefform rückblickend wiedergibt, wird durch die (im Text öfters gebrauchte, z. B. 27,28 f.; 34,23 ff.) Wendung »es war [mir], als« nochmals gebrochen. Der mehr vermutete als erlebte Dampf weist auf die nächtlichen Experimente im Elternhaus voraus, könnte aber auch als ein Indiz für die teuflische Existenz des Coppelius genommen werden.

6,27 *an des Vaters Schweigen, an der Mutter Traurigkeit:* Des Sandmanns abendliches Erscheinen trübt die Harmonie innerhalb der Familie: »An solchen Abenden war die Mutter sehr traurig« (4,25 f.), der Vater dagegen saß, in den Dampf [!] seiner Tabakpfeife eingehüllt, in Erwartung des Gastes »stumm und starr in seinem Lehnstuhl« (4,23). So lernt Nathanael aus den Reaktionen der Eltern den bevorstehenden Besuch des Advokaten sicher vorherzusagen.

6,31 *Die Haustür knarrte:* Da Nathanael den Sandmann nicht in Augenschein nehmen darf – gemäß dem Ammenmärchen wird der Verstoß gegen das Sehverbot mit Blendung geahndet –, stellt sich ihm dieser vor allem akustisch dar. Unter Knarren, Dröhnen, Husten, Scharren, Rasseln usw. vollzieht sich seine Ankunft. Dieselben Geräusche vernimmt Nathanael auch in der Nacht, in der sein Vater ums Leben kommt, weshalb er sofort an Coppelius denkt (vgl. 11,7 ff.) und ihn für den Tod des Vaters verantwortlich macht. Fernerhin wird die Zerstörung der Puppe Olimpia durch »ein wunderliches Getöse« angekündigt (35,15 f.); bevor Nathanael in Spalanzanis Arbeitszimmer eindringt, um zu sehen, was dort vor sich geht, hat sich ihm das ganze Geschehen bereits akustisch mitgeteilt (vgl. Lehmann, Kap. III/2).

6,33 *eilte ... mir vorüber:* eilte an mir vorüber.

7,2–11 *Näher – immer näher ... Mittage ißt:* Eine Vielzahl stilistischer Mittel – Wiederholungen, Ausrufe, parataktische Reihung, vor allem aber der Tempuswechsel (»dröhnten ... hustete ... bebte ... springt ... auf ... gucke ich«) – verdeutlichen, wie gegenwärtig dem Briefschreiber seine Kindheitserlebnisse sind.

7,10 *Coppelius:* Der latinisierte Name enthält ebenso wie seine italienische Variante Coppola die ital. Wurzel **cop-*; ital. *coppo* (auch *coppa*, f.) bedeutet ›Becher, Schale‹, im übertragenen Sinn außerdem ›Augenhöhle‹, womit das zentrale Motiv der Augen über die Eigennamen fortgeführt wird. Das Diminutiv *coppella* bezeichnet den Schmelztiegel, in dem die Alchemisten Stoffe ›voneinander scheiden‹ (ital. *copellare*, vgl. auch frz. *couppelateur* ›Scheidekünstler‹). Damit läßt sich mit den Namen auch die nächtliche Laborszene assoziieren, in der Nathanael »Menschengesichter« ohne Augen zu sehen glaubte (9,10). Indem Coppelius dem Jungen die Augen abverlangt, erweist er sich als ein dämonischer Kuppellateur, der fremde Dinge miteinander verbindet und zusammengehörende voneinander scheidet – eine Tätigkeit, die er auf juristischem Gebiet auch als Advokat ausübt (vgl. *Das kalte Herz*, S. 353).

7,13 *Denke Dir:* suggestiver Aufforderungsmodus, der den Adressaten und damit den Leser zum spontanen Mitvollzug der Beschreibung anspornen soll; vgl. *Das öde Haus* (I,466), wo mit der gleichen appellativen Formel (»Denkt euch«) die Darstellung einer ähnlich merkwürdigen Gestalt beginnt.

7,14 *einen großen breitschultrigen Mann:* In Nathanaels Beschreibung erhält Coppelius geradezu animalische Züge; dabei erstellt er vor allem das Gesicht aus Versatzstücken zeitgenössischer Schauerliteratur: eine erdgelbe Haut, buschige Augenbrauen, stechende Katzenaugen, eine gewaltige Nase (die Hexe im *Goldnen Topf* besitzt gleichfalls eine »Habichtsnase« und »leuchtende Katzenaugen«;

I,208) und ein schiefer Mund ergeben eine abstoßende Physiognomie, die an volkstümliche »Teufelsbilde[r]« (9,6) angelehnt ist. (Vgl. G. Hartung, Kap. III/2). So kann Nathanaels Resümee nicht überraschen: »Die ganze Figur war überhaupt widrig und abscheulich« (7,29 f.).

7,21 f. *Coppelius erschien immer in einem altmodisch zugeschnittenen aschgrauen Rocke:* Den Eindruck des Unheimlichen verstärkt eine unzeitgemäße Kleidung: Coppelius' anachronistische Aufmachung rührt aus vorrevolutionären Zeiten her (vgl. Hoffmanns eigene Skizze auf S. 14). Seine Vorliebe für die graue Farbe teilt er, so der Aberglaube, mit dem Teufel, mit dem er darüber hinaus den polternden Gang, die funkelnden Augen, das hämische Lachen und etliche Idiome (vgl. 9,26 u. 30) gemeinsam hat. Für Nathanael besteht jedenfalls kein Zweifel an der Übereinstimmung; beim Anblick des »häßlichen widerwärtigen Teufelsbilde[s]« (9,5 f.), in das sich das Gesicht des Vaters im Tod verwandelt zu haben schien, stellt er fest: »Er sah dem Coppelius ähnlich« (9,6 f.).

7,26 *Kleblocken:* waagerechte Haarrollen, die seitlich an die Perücke geklebt waren.

7,27 *Haarbeutel:* Beutel, zumeist aus Seide, in den die gepuderten Nackenhaare mit Bändern oder einer Samtschleife eingebunden wurden, damit der Rock nicht beschmutzt werde. Als mit der Französischen Revolution das Pudern der Perücke außer Mode kam, verlor der Haarbeutel seine Funktion.

7,29 *die gefältelte Halsbinde:* längliche Binde aus Leinen, die um den Hals gefaltet und geschlungen und mit einer Spange oder Schnalle festgehalten wird; Vorläufer der Krawatte.

8,16 f. *er durfte nur leise andeuten:* er brauchte nur leise anzudeuten.

8,22 *jener Popanz aus dem Ammenmärchen:* Der Popanz ist eine Schreckgestalt, mit der die Schwarze Pädagogik Kindern das Fürchten lehren wollte. Darauf hebt Nathanael ab, wenn er die schaurige Geschichte der Kinderfrau selbst als »Ammenmärchen« klassifiziert. Wenig später aber wird er sich bemühen, »die Gestalt des häßlichen Coppelius [...] in seinen Dichtungen, wo er als grauser Schicksalspopanz auftrat, recht lebendig zu kolorieren« (22,14–18), ihr also künstlich Farbe zu geben, da sie »in seiner Fantasie erbleicht« war (was nach Hoffmanns Dichtungsverständnis nicht unbedingt von poetischem Talent zeugt).

8,23 f. *Nein! – ein häßlicher gespenstischer Unhold:* Die Figur der *correctio* mit der Interjektion »Nein!«, die das vorher Gesagte ausdrücklich richtigstellt, unterstreicht die gegenüber der Märchenfigur größere Unheimlichkeit der realen Person. Die erregte Diktion, die sich in einer Prädikatsellipse und einer Klimax (»Jammer – Not – zeitliches, ewiges Verderben«) niederschlägt, verrät die starke emotionale Beteiligung des Briefschreibers.

8,27 *festgezaubert:* Der Knabe, der, in seinem »Schlupfwinkel« versteckt, das Sehverbot durchbricht und sich im klaren darüber ist, bei Entdeckung »hart gestraft zu werden«, reagiert auf diese Situation mit völliger Erstarrung. »Wie festgezaubert« muß er später auch durch Coppolas Perspektiv »immer fort und fort« Olimpia anschauen (27,32 f.).

8,28 f. *blieb ich stehen, den Kopf lauschend durch die Gardine hervorgestreckt:* Nach Beschreibung der Coppelius-Figur nimmt Hoffmann die Szene (7,7 f.) wieder auf, die er in einer Federzeichnung für seinen Freund und ersten Biographen Julius Eduard Hitzig festgehalten hat (s. Abb. auf S. 14). Sie kann, insofern die Skizze noch vor der ersten Niederschrift der Erzählung – Anfang November 1815 – angefertigt wurde, als ihre ästhetische Keimzelle verstanden werden. Als »Urszene« ist sie vor allem psychoanalytisch gedeutet worden: Der Knabe belausche einen intimen Vorgang, der sich zwischen dem demütigen, aufnahmebereiten Vater und dem herrischen, Befehle gebenden Coppelius abspiele. Die symbolische Verbindung eines weiblich-hingebungsvollen Prinzips

Federzeichnung E. T. A. Hoffmanns zum *Sandmann*

und eines männlich-phallischen (s. den Stab und die Statur des Coppelius in Hoffmanns Skizze) empfinde der zusehende Junge als Geschlechtsakt, wodurch er in eine ödipale Konstellation gerate. D. h., er richtet sein Begehren auf den ›weiblichen Teil‹ und wünscht sich den Tod des männlichen. Bei seiner Entdeckung muß er mit einer seinem Vergehen adäquaten Strafe rechnen, nämlich mit Kastration, was sich – wiederum symbolisch – in der angedrohten Blendung ausdrückt. (Für Freud ist die durch Traum- und Mythenanalysen zu belegende »Ersatzbeziehung« zwischen Auge und Genital unstrittig.) Der Kastrationskomplex resultiert also aus einem verdrängten Schuldgefühl, das sich aus der Übertretung archaischer Gebote entwickelt. Des weiteren sieht Freud in der Erzählung die »Spaltung der Vater-Imago« in einen guten und einen bösen Vater dargestellt; der Tod des (guten) Vaters sei die Umsetzung des nicht eingestandenen ödipalen Todeswunsches gegen den bösen (Vater) Coppelius (vgl. Freud, Kap. III/2).

8,37 *eine schwarze Höhlung ..., in der ein kleiner Herd stand:* Dem Bild der Alchemistenküche, deren Zentrum der Herd mit den seltsamen Geräten ist, ist nicht zufällig eine »schwarze Höhlung« (Nische) eingezeichnet. Der Ort und das Objekt der alchemistischen Handlung sind begrifflich miteinander verknüpft, was die augenlosen Gesichter mit »schwarze[n] Höhlen« (9,11) zeigen. Auf bildlich-narrativer Ebene werden damit die Bedeutungen konkretisiert, die mit dem Namen Coppelius (›Augenhöhle‹, ›Schmelztiegel‹; vgl. Anm. zu 7,10) assoziiert werden können.

9,10 *Menschengesichter:* Die künstliche Schöpfung des Menschen, auf die offensichtlich die Experimente im nächtlichen Laboratorium zielen (vgl. Anm. zu 13,19), fügt Hoffmann gerne in die Schilderung magischer Szenarien ein; so erscheinen z. B. Tiere mit »Menschengesichtern« im Hexenzauber des *Berganza* (I,88) und im Zimmer der alten Rauerin (in *Der goldne Topf*, I,209).

9,11 f. *Augen her, Augen her!:* An des Coppelius' Ausruf läßt sich die Mehrschichtigkeit der Bilder gut erkennen: Als chemischer Terminus technicus bezeichnet ›Auge‹ ein Phänomen des metallurgischen Prozesses (»Erzaugen«; vgl. E. F. Hoffmann, S. 250 f.). Im magischen Kontext werden Augen zur Zubereitung zauberischer Substanzen benötigt, wie z. B. bei der Herstellung von Freikugeln, die jedes gewünschte Ziel sicher erreichen (so in Friedrich Launs Erzählung *Der Freischütz*, 1811, nach der Friedrich Kind das Libretto für Carl Maria von Webers gleichnamige Oper schrieb). Im metaphorischen Sinn stehen die Augen für die Seele, die sich in ihnen spiegelt. Wenn Nathanael in Coppelius den Teufel sieht – als »verruchter Satan« wird er ihn bei des Vaters Tod verfluchen (11,18) –, dann ist dessen Verlangen nach Augen verständlich, fehlt ihm doch zur künstlichen Schöpfung eines vollkommenen Menschen die Seele, die der göttliche Teil des Menschen ist (vgl. Drux, S. 89 f.).

9,22 *Meister! Meister!:* Der ›Lehrling‹, der Adept der Geheimwissenschaften, redet so seinen Lehrer an; die Anrede unterstreicht ebenso wie die flehende Gebärde die

Unterwürfigkeit des Vaters und die Dominanz des Coppelius.

9,25 f. *den Mechanismus der Hände und der Füße:* Coppelius betrachtet die menschlichen Extremitäten als Maschinenteile, die abgeschraubt und umgesetzt werden können. Als »anatomischer Satan«, von dem der Maler Bickert in *Der Magnetiseur* träumte, er habe ihn »zu seiner Lust, wie eine Gliederpuppe, auseinandergenommen« (I,151), wirkt er wie die Karikatur jenes weltberühmten Anatoms, der behauptete, der Mensch sei eine Maschine: Julien Offray de La Mettrie (*L'homme machine*, 1748). Der französische Arzt und Philosoph führte mit dieser Ansicht die Vorstellung einer Körpermaschine konsequent fort, die René Descartes schon 1637 entworfen hatte; während Cartesius aber noch von einer »denkenden Substanz«, der Seele, ausging, gibt La Mettrie den Leib-Seele-Dualismus auf und begreift den Menschen als rein materielles Wesen, das nach den Gesetzen der Mechanik funktioniere. Allerdings sei der Mensch die höchstorganisierte Maschine unter allen Lebewesen der Natur, eine Einsicht, die auch Coppelius gewinnen muß, wenn er bei der Montage gesteht: »'s gut so wie es war!« Wie viele seiner romantischen Zeitgenossen kritisiert Hoffmann hier die Überzeugung der materialistischen Philosophie der Aufklärung, den Menschen mit der damals fortschrittlichsten Wissenschaft, der Mechanik, bestimmen und sein Wesen erfassen zu können; das war ihm »der erklärte Krieg gegen das geistige Prinzip«, wie es seine Erzählfigur Ludwig angesichts eines weissagenden Automaten formuliert (*Die Automate*, III,346).

9,26 *observieren:* beobachten, untersuchen.

9,27 *schrob:* schraubte.

9,30 *Der Alte hat's verstanden!:* Mit »der Alte« redet Mephistopheles den Herrn an (Goethe, *Faust I*, V. 350), was wiederum die Nähe des Coppelius zu den Höllengeistern anzeigt.

9,30 *lispelte:* flüsterte.

9,32 *Nerv und Gebein:* den ganzen Körper, das neurophysiologische System.

10,6 f. *Angst und Schrecken hatten mir ein hitziges Fieber zugezogen:* Dieser Satz hält den Wirklichkeitsgrad der Alchemistenszene in der Schwebe. Es ist nämlich nicht sicher zu entscheiden, »ob wir es mit einem ersten Delirium des angstbesessenen Knaben oder mit einem Bericht zu tun haben, der als real in der Darstellungswelt der Erzählung aufzufassen ist« (Freud, S. 252). Falls letzteres zutrifft, ist das »hitzige Fieber« die psychosomatische Reaktion auf Nathanaels Mißhandlung (vgl. Hohoff, S. 311). Wenn aber sein Zusammenstoß mit Coppelius Gegenstand eines Fiebertraums war, den er in der Erinnerung mit Details aus dem Wissen eines Studenten der Naturwissenschaft auffüllt, dann steht der rationalistischen Deutung Claras nichts mehr im Wege.

10,13 *Blödigkeit:* Schwäche, Gebrechlichkeit.

10,17 f. *Coppelius ... habe die Stadt verlassen:* Für den Druck hat Hoffmann die längere Textpassage, die in der Handschrift an dieser Stelle folgte und die Coppelius eindeutig als ein dämonisches Wesen zeichnet, gestrichen (vgl. Textausgabe, S. 43 f.).

11,22 f. *sein Bund mit dem teuflischen Coppelius:* Als eine Art Pakt mit dem Teufel, mit dem er ja den Coppelius des öfteren identifiziert (9,6 f.; 11,18), sieht Nathanael hier dessen Kollaboration mit dem Vater. Im Tode verzerren sich die Gesichtszüge des Teufelsbündners, der der ewigen Verdammnis anheimfällt – daß der Vater diesem Schicksal entgangen ist, wirkt auf den Jungen tröstlich, ändert aber nichts daran, daß er die Wiederkehr des »verruchten Coppelius« als unheilvoll »deute[t]« (vgl. 11,31 f.).

11,36 f. *piemontesischen:* aus dem Piemont, einer Provinz Norditaliens (Hauptstadt Turin).

11,37 *Giuseppe Coppola:* Der italienische Familienname hat so große Ähnlichkeit mit dem latinisierten Coppelius, daß Nathanael meint, der alte Advokat habe »nicht einmal seinen Namen geändert«.

12,1 *Ich bin entschlossen:* Den Kampf, den Nathanael mit fester Absicht seinem »feindlichen« Kontrahenten ansagt, hat er im Grunde schon verloren gegeben; denn zu Beginn seines Briefes überlegt er, wie er Lothar am besten beibringe, »daß das, was mir vor einigen Tagen geschah, denn wirklich mein Leben so feindlich zerstören konnte!« (3,21 f.). Er hat also sein Urteil über sein Leben bereits gefällt.

12,8 *in Sinn und Gedanken:* Die im *Sandmann* mehrfach gebrauchte Wendung (z. B. 17,14 f.) bezeichnet die Gesamtheit der emotionalen und intellektuellen Kräfte, die ein Mensch, fühlend und denkend, auf eine Person oder Sache konzentriert.

12,16 f. *solch ruhiges, weiblich besonnenes Gemüt:* Clara macht sich mit einiger (Selbst-)Ironie, die ihr auch der fiktive Erzähler zugesteht (20,10), über »jene Frau« lustig, der die Ordnung im Haushalt über alles geht. In Gestalt von heiratswütigen Bürgerstöchtern hat Hoffmann diesen Frauentyp öfters karikiert: so werde Christina Roos (aus *Der Artushof*), ein wahrlich »einfältig Mädchen« (14,7), wenn es in ihrem Zimmer brennt, »noch geschwinde den Kanarienvogel füttern und die neue Wäsche verschließen« (III,149 f.), bevor sie ihrem Vater den Brand melde.

13,6–8 *daß ... alles Entsetzliche und Schreckliche ... nur in Deinem Innern vorging:* Claras rationalistische Ansicht, daß alle Schrecknisse nur Ausgeburten des Ich und von der »wahre[n] wirkliche[n] Außenwelt« zu scheiden seien, offenbart die Fähigkeit zu psychologischem Denken; auch die psychische Operation, durch die die Sandmann-Gestalt Nathanael zum lebenslangen Trauma wurde, erkennt sie, wenn sie von der ›Verknüpfung‹ der Mythe »mit dem alten Coppelius« spricht (13,15).

13,16 *vorzüglich:* hier: vor allem, besonders.

13,19 *alchymistische Versuche:* Die Alchemie (nach ihrer arabischen Herkunft auch Alchymie, Alchimie) fand im späten Mittelalter zahlreiche Anhänger, die sich um die

Veredlung anorganischer Stoffe bemühten, z. B. um die Gewinnung von Gold aus minderwertigen Metallen. Daneben verfolgten die Alchemisten ein spirituelles (geistiges) Ziel: die Entdeckung des Steins der Weisen, der ihnen die innersten Zusammenhänge im Kosmos erschließen sollte. In alchemistischen Traktaten wird dieser »lapis philosophorum« häufig mit dem Lebenselixier bzw. dem Homunculus gleichgesetzt, jenem in der Retorte erzeugten Menschlein. Claras Vermutung, daß »des Vaters Gemüt ganz von dem trügerischen Drange nach hoher Weisheit erfüllt« gewesen sei (13,22 f.), paßt von daher durchaus zur Beobachtung des jungen Nathanael, bei den Experimenten im nächtlichen Laboratorium gehe es um die Reproduktion des Menschen: das tiefste Geheimnis der Natur (vgl. auch Hartung, S. 60; *Das kalte Herz*, S. 348–352; Maassen, S. 409 f.).

13,22 *Laboranten:* Anhänger der Alchemie, Schmelz- und Scheidekünstler.

14,13 *Gibt es eine dunkle Macht:* Clara läßt sich hier, pädagogisch geschickt, zuerst auf die Annahme einer »dunkle[n] Macht« ein; wenn sie existiert – und in Hoffmanns Werk wird sie als eine vornehmlich sensible Gemüter bedrohende Gewalt unter verschiedenen Begriffen (»finsteres Verhängnis«, »feindliches Prinzip«, »grausames Geschick« u. a.) angeführt –, dann kann sie nur im Menschen selbst Platz greifen und wirksam werden. Worauf Clara abzielt: die Ausbildung »eine[r] solche[n] Macht« läßt sich aktiv verhindern! Um dies deutlich zu machen, wählt sie eine dichte, syntaktisch komplizierte Argumentation, die ihr nachher selber »ordentlich tiefsinnig vorkommt« (15,1 f.).

14,23 *Beruf:* Berufung, natürliche Bestimmung.

14,27 *die dunkle psychische Macht:* Wortlaut nach der Handschrift; das Attribut »physische« des Erstdrucks gibt im Gefüge von Lothars Gedankengang keinen Sinn.

14,32 *Fantom:* Trugbild. Claras Hypothese von einer das Innere des Menschen besetzenden und umgestaltenden

Macht dehnt Lothar auf das Verhältnis von Innen- und Außenwelt aus. Daß Gestalten der Außenwelt durch psychische Vorgänge Bedeutung und »Geist« erhalten, umschreibt treffend den Prozeß der Projektion. Nathanael zitiert diesen Gedanken, wenn er sich spöttisch-tadelnd bei Lothar über Claras Beweisführung, »daß Coppelius und Coppola nur in meinem Innern existieren und Fantome meines Ichs sind« (15,27 f.), beschwert.

15,12 f. *den Advokaten Sandmann und den Wetterglashändler Coppelius:* Clara tut, ihrer ironischen Veranlagung entsprechend, genau das, was sie angesichts des Zustandes, in dem sich Nathanael befindet, eigentlich nicht möchte: über dessen »Fantom« scherzen; denn als solches entlarvt sie Coppelius alias Coppola, wenn sie die verschiedenen Namen und Berufe in einem einzigen Syntagma durcheinanderwirbelt.

15,18–20 *weder als Advokat eine Näscherei, noch als Sandmann die Augen verderben:* Clara parallelisiert die (reale) Vermiesung der Leckereien mit der (symbolischen) Trübung der Augen. In beiden Fällen mußte der Knabe Verzicht auf sinnliche Genüsse leisten. Die unheilvolle Wirkung von Coppelius' »garstigen Fäusten« wird in der ersten Fassung noch gesteigert. Dort berührt der Advokat nicht nur das Naschwerk der Kinder, sondern auch die Augen der »kleinen Schwester« mit seinen widerlichen Händen – worauf sie tatsächlich »verderben« (s. Textausgabe, S. 44).

15,32 f. *distinguieren:* erörtern, unterscheiden.

15,34 *logische Collegia:* Vorlesungen über Logik.

16,5 f. *Spalanzani:* »Jener berühmte Naturforscher« ist Lazzaro Spallanzani (1729–99), Abbé und Biologe, Professor in Reggio nell' Emilia, Modena und Pavia. Wie die meisten Physiologen seiner Zeit setzte er sich mit der Theorie der Urzeugung auseinander und führte dazu die künstliche Befruchtung bei Fröschen und Hunden durch. An diese Versuche, von denen er aus C. A. F. Kluges *Versuch einer Darstellung des animalischen Magnetismus als*

Daniel Chodowiecki: Alessandro Graf Cagliostro. 1784

Heilmittel (1811) erfahren hatte, dürfte Hoffmann gedacht haben, als er dem Konstrukteur einer künstlichen Frau den Namen ›Spalanzani‹ gab. Dieser ist als »Professor der Physik« nicht nur auf dem engeren Gebiet der Physik tätig, sondern im ursprünglichen Sinn des Wortes *physice* (vgl. Anm. zu 19,14 f.) in der gesamten Naturkunde bewandert. Den »gelehrte[n] Anatom Spalanzani« erwähnt Hoffmann auch im Nachtstück *Das öde Haus*; er habe »einen vortrefflichen sechsten Sinn« an den Fledermäusen entdeckt. Eine Person, die wie die Fledermaus für Menschen Unsichtbares erahnen kann bzw. der »ein besonderer Sinn« für »das Wunderbare« eigen ist, gilt als »Spalanzanische Fledermaus« (I,459). Den historischen Spallanzani hat H. M. Enzensberger in seiner Balladensammlung *Mausoleum* (1975) scharfer Kritik unterzogen (vgl. Kap. IV/2).

16,9 f. *kein ehrlicher:* kein rechtmäßiger, richtiger.

16,18 *Cagliostro:* Allessandro Graf C., eigentl. Giuseppe Balsamo (1743–95), Magier und Abenteurer, vermochte sich mit Scharlatanerie und Durchtriebenheit Zugang zu den höchsten gesellschaftlichen Kreisen in den westeuropäischen Metropolen zu verschaffen. Nach seiner Verwicklung in die sog. Halsbandaffäre um die französische Königin Marie Antoinette wurde er 1786 aus Paris ausgewiesen.

16,19 *Chodowiecki:* Daniel Nikolaus Ch. (1726–1801), Maler, Zeichner und Kupferstecher, hielt Szenen aus der Gesellschaft seiner Zeit in über tausend Illustrationen für Buchausgaben, Almanache und Taschenkalender fest. Seine Darstellung Cagliostros findet sich im *Berliner genealogischen Kalender auf das Jahr 1789* als 11. Blatt aus der Serie »Mode Thorheiten« (s. Abb. S. 21).

16,31 *keine Sehkraft:* Der erste Blick auf Olimpia löst bei Nathanael keine Begeisterungsstürme aus; fast nüchtern konstatiert er ihre gute Figur und kostbare Kleidung. Ihm fällt zwar »ihr engelsschönes Gesicht« auf, doch »hatten ihre Augen etwas Starres«. Ihr fehlt die »Sehkraft«, durch die sich Wesen der organisch-belebten Natur von Gebilden der anorganisch-toten unterscheiden (vgl. Anm. zu 33,3). In *Die Automate* leitet Ludwig seine Abneigung gegen alle künstlichen Figuren, die »das Menschliche nachäffen«, Totes mit Lebendigem vermischend, aus einem »unheimlichen grauenhaften Gefühl« her (III,330); diesen möchte er am liebsten die Worte zurufen, die Macbeth an Blanquos Geist richtet: »Was starrst du mich an mit Augen ohne Sehkraft?« (Shakespeare, *Macbeth*, III,4: »Thou hast no speculation in those eyes / Which thou dost glare with.«).

16,33 *Auditorium:* Hörsaal.

16,35 *Olimpia:* Olympia, in italienischer Schreibung »Olimpia«, bedeutet ›die aus dem Olymp Kommende‹, ›die Himmlische‹. Ihre göttliche Herkunft – der Olymp ist im klassischen Mythos der Sitz der Götter – klingt auch in den Epitheta an, die ihr Nathanael zuweist: »engelsschön«, »himmlisch-schön«, »himmlische Frau«, »Kind des Himmels« usw. Hoffmanns Namengebung enthält noch eine andere Anspielung: Die Schönheit antiker Statuen, die der Klassik als ästhetische Vorbilder galten, verkehrt sich in eine automatenhafte Weiblichkeit. Die Sehnsucht nach klassischer Vollkommenheit kompromittiert sich in mechanischer Perfektion.

17,3 f. *über vierzehn Tage:* in vierzehn Tagen.

17,10 *Seltsamer und wunderlicher kann nichts erfunden werden:* Die Begriffe ›seltsam‹, ›wunderlich‹ und ›wunderbar‹ werden von Hoffmann zumeist in gleicher Bedeutung verwendet, auch wenn Theodor in *Das öde Haus*, gestützt auf Johann August Eberhards *Versuch einer allgemeinen deutschen Synonymik* (Bd. 6, 1802, S. 91 bis 94), die Unterscheidung trifft, »daß *wunderlich* alle Äußerungen der Erkenntnis und des Begehrens genannt werden, die sich durch keinen vernünftigen Grund erklären lassen, *wunderbar* aber dasjenige heißt, was man für unmöglich, für unbegreiflich hält, was die bekannten Kräfte der Natur zu übersteigen, oder [...] ihrem gewöhnlichen Gange entgegen zu sein scheint« (I,460). Bei Hoffmann kommt es, ungeachtet dieser begrifflichen Differenzierung zwischen wunderlichen Äußerungen und wunderbaren Phänomenen, zu einer munteren Kombination der Adjektive: Nathanael erkennt, daß ihn das Märchen vom Sandmann »auf die Bahn des Wunderbaren, Abenteuerlichen gebracht« habe (6,3 f.); den Erzähler, der sich dem »wunderlichen Geschlechte der Autoren« (18,8) zurechnet, fasziniert »das Wunderbare, Seltsame« (18,14) an Nathanaels Lebensgeschichte; bei deren Wiedergabe wird ihm klar, daß »nichts wunderlicher und toller sei, als das wirkliche Leben« (19,1 f.), was der Dichter nur unscharf und verzerrt erfassen könne.

17,12 f. *was ich Dir, günstiger Leser! zu erzählen unternommen:* Mit der ›gunstheischenden‹ Anrede an den Leser (dem rhetorischen Mittel der *captatio benevolentiae*) meldet sich der Erzähler zum erstenmal explizit zu Wort, indem er diesem, Distanz verringernd, dieselben Empfindungen unterstellt, die ihn im Moment der Niederschrift bewegen. Er gibt sich als Freund der Familie aus, der mit ihrer Geschichte (vgl. 19,5–13) und ihren Mitgliedern vertraut ist; immerhin überläßt Lothar ihm die Briefe (vgl. 18,31), und mit Clara scheint er sich recht gut zu verstehen (vgl. 19,19).

17,16 *Es gärte und kochte in Dir:* Die suggerierte Begeisterung wird als Anstieg der Körpertemperatur und Aktivierung des Blutkreislaufs beschrieben. Das entspricht damaliger medizinischer Anschauung: psychische Eindrücke lösen physikalische Prozesse im Körper aus, die ihrerseits wieder bestimmte Gemütszustände hervorrufen. Daß sich die Intensität einer Empfindung an Wärmegraden bemißt, drückt sich ebenfalls in der Liebesmetaphorik (vgl. 30,23 f.) aus (vgl. Hohoff, S. 329 ff.).

17,22 *das innere Gebilde:* ein Kernbegriff der Hoffmannschen Ästhetik, die im sog. »serapiontischen Prinzip« zusammengefaßt ist. So stellt der Serapions-Bruder Lothar die Forderung auf: »Jeder prüfe wohl, ob er auch wirklich das geschaut, was er zu verkünden unternommen, ehe er es wagt laut damit zu werden. Wenigstens strebe jeder recht ernstlich darnach, das Bild, das ihm im Innern aufgegangen recht zu erfassen mit allen seinen Gestalten, Farben, Lichtern und Schatten, und dann, wenn er sich recht entzündet davon fühlt, die Darstellung ins äußere Leben [zu] tragen.« (III,55.)

17,27 f. *wie ein elektrischer Schlag:* Der Vergleich aus der Physik veranschaulicht die durchschlagende Wirkung des poetischen Ansatzes. Hoffmann verwendet ihn häufig, um geistig-seelische Erschütterungen zu kennzeichnen.

17,33 *wie ein kecker Maler:* Erneut wird die Entstehung eines literarischen Werks mit der Arbeit des bildenden Künstlers verglichen. Als »kecker Meister« figuriert der Kupferstecher Jacques Callot (1592–1635), zu dessen phantastischer »Manier« sich Hoffmann auch als Autor der *Nachtstücke* bekennt. Der Erzähler im *Sandmann* behält diese Vergleichsebene bei, wenn er von seinen Bemühungen spricht, »wie ein guter Portraitmaler« (18,34 f.) seine Gestalten narrativ auszumalen, d. h. »erzählend immer mehr und mehr Farbe hineinzutragen« (18,32 f.).

18,18 f. *»Es war einmal«:* Der Erzähler spielt verschiedene Wendungen durch, mit denen Texte eingeleitet werden (in der Rhetorik sind sie als »Exordialtopoi« verzeichnet). Den ersten Versuch macht er mit dem formelhaften Märchenanfang, den Hoffmann auch im *Meister Floh* reflektiert: »Es war einmal – welcher Autor darf es jetzt wohl noch wagen, sein Geschichtlein also zu beginnen. – Veraltet! – Langweilig! – so ruft der geneigte oder vielmehr ungeneigte Leser, der nach des alten römischen Dichters weisen Rat, gleich medias in res [s. u.] versetzt sein will.« (IV,677.)

18,21 *Klimax:* rhetorische Figur (griech. *klímax* ›Leiter, Treppe‹): stufenweise Steigerung.

18,22 *medias in res:* (lat.) ›mitten hinein in die Dinge‹, ›gleich zur Sache‹ oder – mit Hoffmanns Umschreibung aus dem *Meister Floh* – »gleich ohne alle Umschweife«.

Die Formel geht auf Horaz zurück, der in seiner *Dichtkunst* vom epischen Dichter verlangt, daß er »den Hörer gleich mitten ins Geschehen versetzt« (»in medias res ... auditorem rapit«; *Ars Poetica*, V. 148 f.). Die Umstellung des im Lateinischen attributiven ›medius‹ entspricht dem deutschen Syntagma.

18,26 *etwas Possierliches:* Die Bedeutung des poetologischen Begriffs ›Posse‹, von dem das Adjektiv ›possierlich‹ abgeleitet ist, klingt hier noch stark an; »etwas Possierliches« ist demnach etwas, das an eine Posse erinnert, unwahrscheinlich komisch, in seiner Absurdität »spaßhaft« ist. Der im *Meister Floh* umgesetzte Ratschlag, mit der Geschichte »medias in res« zu gehen, wird im *Sandmann* verworfen, weil der erfundene Ausruf des Studenten: »Scher' Er sich zum Teufel« (18,22), den Optiker Coppola gedankenlos, d. h. per Redewendung zum Satan befiehlt, mit dem – ernsthaft – Nathanael in seinen Kindheitserinnerungen Coppelius identifiziert (vgl. Anm. zu 7,21 f.).

18,29 f. *Ich beschloß gar nicht anzufangen:* Indem der Erzähler auf einen traditionellen Erzählanfang verzichtet und statt dessen die drei ihm von Lothar überlassenen Briefe veröffentlicht, zieht er die Konsequenz aus der Einsicht, daß keine poetische Erfindung die Wunderlichkeit des »wirklichen Lebens« erreiche. Durch diesen Kunstgriff werden die Briefe zudem als authentisch ausgegeben, und ihre Echtheit läßt nun den folgenden Bericht als die an den realen Ereignissen orientierte Fortführung von Nathanaels Lebensgeschichte erscheinen. Briefe und Bericht ermöglichen fernerhin die Darstellung der Geschehnisse aus unterschiedlichen Perspektiven.

18,31 *mitteilte:* überließ, übergab (»mitteilen« hier svw.: zuteil werden lassen, aus eigenem Besitz einem etwas geben).

19,3 f. *wie in eines matt geschliffnen Spiegels dunklem Widerschein:* Die Erkenntnis, daß »das wirkliche Leben« nur unvollkommen im Werk des Dichters wiederzugeben ist, impliziert die Absage an eine Poetik, die eine möglichst realitätsnahe Nachahmung verlangt. Unschärfe, Verzerrung und Gebrochenheit, so legt es der Vergleich nahe, sind die charakteristischen Merkmale der poetischen Darstellung. Darüber hinaus unterstreicht der Autor dadurch, daß er im Text selbst dessen Elemente und Entstehung reflektiert, den Kunstcharakter seines Werks.

19,14 f. *Collegia bei dem berühmten Professor Physices:* Vorlesungen bei dem berühmten Professor der Naturkunde (von griech. *physike* ›Erforschung von Naturerscheinungen‹).

19,19 *wenn sie mich holdlächelnd anblickte:* Es zeugt von Hoffmanns Ironie, daß sich der Erzähler für befangen erklärt, genauer: berückt von Clara durch ihren Blick. Die erneute Variante des Augen-Motivs trägt zur Relativierung des Erzählerberichts über Clara bei, d. h. ihrer auffallend positiven Darstellung, in der sich vorzügliche emotionale Eigenschaften mit herausragenden intellektuellen Fähigkeiten verbinden (vgl. 20,4 ff.).

19,20 f. *die sich von Amtswegen auf Schönheit verstehen:* Die Leute, deren Umgang mit schönen Dingen sozusagen amtlich ist bzw. die, salopp gesprochen, Profis in Sachen Ästhetik sind, also Architekten, Maler, Dichter und Komponisten, äußern sich ihrem Fachgebiet entsprechend über Claras Erscheinung, die durch diese mittelbaren, quasi-objektiven Urteile in nochmaliger Brechung geschildert wird.

19,25 f. *von Battonischem Kolorit:* Die *Büßende Magdalena* des spätbarocken Malers Pompeo Girolamo Battoni (1708–87) konnte Hoffmann in der Dresdener Gemäldegalerie bewundern; sein »Entzücken« über die Farbgebung (Kolorit) des Bildes teilte er seinem Jugendfreund Th. G. von Hippel im Brief vom 26. August 1798 mit.

19,28 *Ruisdael:* Hoffmann denkt hier wohl an Jakob Isaackzoon van Ruisdael (1628/9–82), dessen Landschaften die Malerei der deutschen Romantik stark beeinflußt haben. Auch in der *Jesuiterkirche in G.* spielt Hoffmann auf ein Gemälde des »alten niederländischen Malers« an (I,428).

19,30 *Meister:* in der Handschrift: Musiker. Mit den »Meistern« sind hier die Tonmeister, d. h. Komponisten gemeint, womit nicht nur Vertreter einer weiteren Kunstgattung, der Musik, aufgeführt werden, sondern auch die Metaphorik der folgenden Äußerung, daß Claras Blick »wunderbare himmlische Gesänge und Klänge« zu entnehmen seien, fachspezifisch begründet ist.

19,31 *Was See – was Spiegel!:* Die klischeehafte Spiegelfunktion des Auges wird dadurch parodiert, daß sich in Claras Blicken ganze Landschaften, Ton- und Seelenlagen auftun. In den Augen der Frauen haben die Männer immer schon gerne gesehen, was ihren Wünschen entsprach. Insbesondere die Metapher vom Auge als einem tiefen, dunklen, zum Eintauchen anreizenden See hebt die weibliche Komponente des Augen-Symbols hervor; sie signalisiert dem Betrachter Gemütstiefe, Hingabe, Versenkung: In die Augen Dörtje Elwerdinks durch »das mikroskopische Glas«, das ihm Meister Floh in die Pupille setzt, blickend, erfährt Peregrinus Tyß sogar die verlorene »Grundharmonie« der Natur, die »alles was entzweit geschienen, vereinigte zu ewiger namenloser Lust.« (IV,749.)

20,1 f. *vorzuquinkelieren:* mit schwacher, gekünstelter Stimme vorzusingen.

20,7 *Nebler und Schwebler:* ein Hendiadioyn (stilistische Figur, bei der die Ausdruckskraft durch die Verwendung von zwei Begriffen verstärkt wird): Phantasten, überspannte Gecken, weltfremde Schaumschläger (vgl. Grimms *Wörterbuch der deutschen Sprache*, Bd. 9, Sp. 2382).

20,13 *prosaisch:* Antonym (Gegenbegriff) zu ›poetisch‹: nüchtern, sachlich, alltäglich, oberflächlich. Nathanael rechnet alle, die seine (Zwangs-)Vorstellungen nicht teilen, den »kalten prosaischen Menschen« (33,15) zu, auch seine eigene Braut, deren »kaltes prosaisches Gemüt« (22,10) sich seiner tiefen Dichtung verschließt.

20,35 f. *wie jeder Mensch ... nur dunklen Mächten zum grausamen Spiel diene:* Hier wird Nathanaels Ansicht vom Einfluß schicksalhafter Mächte, denen sich der einzelne nicht zu entziehen vermag und die sich – in seinem Fall – im dämonischen Coppelius verkörpern, am deutlichsten formuliert. Er glaubt also an »das Einwirken irgend eines außer uns selbst liegenden höheren Prinzips« (21,5 f.), während Clara »die Existenz des *Dämons*« (21,20) nur für eine Ausgeburt seines »eignen Innern« hält.

21,3 *Willkür:* Freiheit, freies Ermessen, Gutdünken.

21,7 *mystische Schwärmerei:* Der Begriff »Mystik« (22,12) und das davon abgeleitete Adjektiv »mystisch« (von griech. *myein*) sind im Text durchweg negativ besetzt; eine »mystische Schwärmerei« entbehrt jeder realen Grundlage und rationalen Durchdringung. Zweifellos hat Nathanael einen Hang zum Metaphysischen, zu dem der Schwärmer neigt, der vor der Wirklichkeit ›die Augen schließt‹ (was *myein* ursprünglich bedeutet).

21,21 *statuiere:* festsetze, annehme.

21,32 f. *das böse Prinzip ..., das feindlich auf meinen Kaffee wirkt:* Ihrer ironischen Veranlagung gemäß bringt Clara die höheren Mächte mit den niederen Verrichtungen des Alltags in Verbindung. Ihre Absicht, durch die Kopplung verschiedenartiger Sinnbereiche zu Nathanaels mystischen Obsessionen Distanz herzustellen, muß dieser, da er die ihn bedrängenden Ängste auf die Zubereitung des Frühstücks heruntergespielt sieht, als unsensibel, ja sogar zynisch empfinden. Zwar ist nicht zu leugnen, daß eine Hausfrau, die dem Geliebten beim Kaffeekochen »in die Augen schauen soll« – die tragikomische Variante des allgegenwärtigen Motivs (21,35) –, das Frühstück gefährdet; aber Claras Abwehrreaktion läßt Assoziationen an jene heiratswütigen Bürgerstöchter aufkommen, die existentielle Ereignisse nicht von ihren häuslichen Aufgaben abzuhalten vermögen (vgl. Anm. zu 12,16 f.) – wofür wiederum Christina Roos herangezogen werden kann: »Niemals ist ihr eine Mandeltorte mißraten, und die Buttersauce verdickt sich jedesmal gehörig, weil sie niemals links, sondern immer rechts im Kreise mit dem Löffel rührt!« (III,149.)

22,25 *und berührt Claras holde Augen:* Nathanaels Gedicht nimmt die Szene von Olimpias Demontage vorweg; was ihm in der Fiktion mit Clara widerfährt, erlebt er in der Wirklichkeit (der Erzählung) mit der Holzpuppe. Seine »düstre Ahnung, daß Coppelius sein Liebesglück stören werde« (22,19 f.), gestaltet er in dem drastischen Bild des Augenraubs aus, das für ihn seit dem Märchen der Kinderfrau mit dem Sandmann verknüpft ist und durch die abendlichen Besuche des Advokaten im Elternhaus reale Konturen erhielt. Wie sehr sich Nathanael mit dem Gegenstand seines Gedichtes identifiziert, zeigt der Tempuswechsel an: Die Ereignisse »am Traualtar« werden im Präsens geschildert.

22,27 f. *in einen flammenden Feuerkreis:* In Nathanaels Sprache symbolisiert der Feuerkreis den Wahnsinn. Seine Gewalt und Geschwindigkeit drückt sich im Aufruhr der Elemente aus, die aus ihrer natürlichen Ordnung geraten sind wie der dem Wahnsinn verfallene Verstand. Als Herr des Chaos gilt im Aberglauben der Teufel, der im Feuer lebt – wie es auf witzige Weise Heinrich Heine in seiner Schrift über *Elementargeister* (1837) beschreibt –, und auch der »teuflische Coppelius« wird des öfteren mit dem Feuer in Zusammenhang gebracht (vgl. Anm. zu 6,17). Zur Veranschaulichung psychotischer Zustände konnte Hoffmann das Bild des magischen Kreises aus Flammen aus seinem Roman *Die Elixiere des Teufels* übernehmen, dessen zweiter Band wie *Der Sandmann* 1816 erschien: Der Mönch Medardus spürt sein »Ich hundertfach zerteilt«, und »die Gedanken der einzelnen Teile« ergeben in schneller Drehung »einen Feuerkreis« (II,209).

22,36 *glühende Tropfen deines eignen Herzbluts:* Clara weist darauf hin, daß sie ihre Augen noch besitze; was also in Nathanaels Brust versengend brenne, könne »nur recht tief aus seinem Innern« (34,25) kommen. In der bildlichen Sprache des Gedichtes wird so die später in direkter Form mitgeteilte Selbstliebe des Helden angedeutet.

23,1 *ihr Eigen:* ihr Eigentum, Besitz.

23,8 *dem metrischen Zwange unterworfen:* Daß Nathanael sich vornehmlich der Form seines Gedichtes widmet, d. h. einer akribischen, beinahe mechanischen Arbeit mit festgelegten Versmaßen hingibt, zeugt nicht gerade von sprühendem dichterischen Talent, weckt vielmehr Zweifel, ob er seinen Anspruch an ein wahrhaft »poetisches Gemüt« selbst erfüllen kann, und unterstreicht im nachhinein die nüchtern-pragmatische Aussage des Erzählers: »Nathanaels Dichtungen waren in der Tat sehr langweilig.« (22,9.)

23,11 f. *»Wessen grauenvolle Stimme ist das?«:* In der Literatur der Goethezeit wird die erstaunte Frage nach der Herkunft einer eigenen Äußerung als sinnfälliges Zeichen der Selbstentfremdung dargestellt. So fragt sich in Ludwig Tiecks Roman *William Lovell* (1795/96) der Titelheld: »Wer ist das Wesen, das aus mir heraus spricht?« Und der Bibliothekar Schoppe in Jean Pauls *Titan* (1802 bis 1804) habe »seine Hände angesehen mit den Worten: ›Das sitzt ein Herr leibhaftig und ich in ihm, wer ist aber solcher?‹« Der Grad dieser Verunsicherung reicht von der momentanen psychischen Irritation bis zur manifesten Ichspaltung.

23,19 *in der Mutter kleinem Garten:* Wie am Schluß der Erzählung, wo die häusliche Idylle auf die Katastrophe folgt, wird hier nach »den grauenvollen Bildern« des Gedichtes die behagliche Szene im Gärtchen der Mutter geschildert (die ansonsten wie auch die Entwicklung der Familienverhältnisse für die Geschichte keine weitere Rolle spielt). Daß Claras frohe Annahme, sie hätte nun endlich »den häßlichen Coppelius vertrieben« (23,25), durch die nachfolgende Rezitation hart widerlegt wird, erklärt ihre scharfe Reaktion auf das Werk ihres Bräutigams, wobei ihre Verärgerung um so verständlicher ist, als gerade ihre freudige Frage Nathanael an sein finsteres Gedicht erinnert.

24,2 f. *das tolle – unsinnige – wahnsinnige Märchen:* Die Figur der Klimax, die in einer dreistufigen Steigerung der Sinnlosigkeit besteht, hebt Claras Abscheu und Entsetzen vor Nathanaels Dichtwerk hervor, das sie abschätzig als »Märchen« bezeichnet, um seinen völlig irrationalen, realitätsfernen Charakter zu betonen.

24,4 f. *»Du lebloses, verdammtes Automat!«:* Hoffmann verwendet das damals gebräuchliche Neutrum (der Plural »Die Automate« bildet den Titel seiner Erzählung von 1814, die er in den 2. Band der *Serapions-Brüder* aufnahm). Es mutet paradox an, daß Nathanael seine lebhafte Braut mit dem Gattungsnamen der leblosen Olimpia belegt, in die er sich nach seiner Rückkehr an den Studienort verlieben wird. Während er einer seelenlosen, mechanischen Puppe ein »tiefes Gemüt« zuspricht, verurteilt er die emotionalen Reaktionen einer lebendigen Frau als gefühllose, automatische Äußerungen, weil sie seinen Wünschen und Bedürfnissen widersprechen. Da er diese von der widerspruchslosen Olimpia gestillt weiß, wird der Automat, den er eigentlich negativ betrachtet, ja sogar als Muster für Gefühlskälte heranzieht, zum Gegenstand seines Begehrens.

24,19 f. *mit scharf geschliffenen Stoßrapieren:* Das Stoßrapier, eine Fechtwaffe mit schmaler, gerader Klinge, dem Florett vergleichbar, wurde im 19. Jh. nur noch an den Universitäten von Erlangen und Jena zum Fechten verwendet. Nun studiert Nathanael in »G.-« (19,13); dennoch ist in diesem Zusammenhang bemerkenswert, daß Jena zu Ende des 18. Jh.s die Hochburg der Frühromantik war, wo Schelling, die beiden Schlegels, Novalis und Tieck weilten – und daß Nathanaels poetologische Anschauungen sich in wesentlichen Punkten Theoremen der Jenenser Romantik anschließen (vgl. Anm. zu 33,22).

24,36 *Mordgewehr:* Mordwaffe (Synekdoche).

25,2 *Bruder Lothar:* die damals übliche Anrede für einen Kommilitonen, Mitstudenten (so auch »Bruder« Siegmund, 32,23; 33,26; 39,1).

25,19 *daß das ganze Haus niedergebrannt war:* Eine Reihe merkwürdiger Zufälle treibt die Geschichte voran: Nathanaels Studentenbude wird durch einen Brand, der »in dem Laboratorium [!] des Apothekers [...] ausgebrochen war«, zerstört, und Freunde vermieten ihm ein Zimmer, das dem Hause Spalanzanis direkt gegenüber liegt und Einsicht in Olimpias Stube gewährt. Das Verhängnis nimmt also seinen Lauf mit dem Ausbruch des Feuers – und da dieses Motiv durchgängig mit der Coppelius-Gestalt verknüpft ist, erhält Nathanaels Mutmaßung eines gegen ihn gerichteten Komplotts vom Text her kräftige Unterstützung.

26,9 *nach der schönen Bildsäule:* Wie Nathanael schon in seinem zweiten Brief an Lothar bemerkte, fällt ihm an Olimpia besonders die Starrheit und Bewegungslosigkeit auf, vor allem »daß sie offenbar unverwandten Blickes nach ihm herüberschaute« (26,4 f.). Solange ihre Augen starr sind, nimmt er sie bloß »flüchtig« als »Bildsäule« wahr.

26,14 f. *rücksichts des Sandmanns Coppelius:* im Hinblick, in bezug auf den Sandmann Coppelius.

26,24 f. *sköne Oke:* Die phonetische Schreibung gibt die Aussprache des Deutsch radebrechenden Italieners wieder (vgl. auch 26,29: »Brill' auf der Nas' su setze«). »Oke« ist an ital. *occhi* ›Augen‹ angelehnt.

26,28 *Lorgnetten:* Brillen mit Stielgriff.

26,29 f. *Brill' . . . das sein meine Oke:* Diese Definition beantwortet die Frage, die Nathanael voller Entsetzen – was sich in der zweifachen Wiederholung des zentralen Begriffs ausdrückt – an Coppola richtet: »Toller Mensch, wie kannst du Augen haben – Augen – Augen?« (26,25 f.). Der Optiker räumt das (beabsichtigte?) Mißverständnis aus, indem er die Wendung »sköne Oke« als uneigentliche Rede ausgibt; gemeint seien eigentlich Bril-

Grandville: Die Neugierigen beim Opernbesuch. 1843

len. Er beruft sich damit auf die Figur der Metonymie; diese kommt durch die Vertauschung von Wörtern zustande, deren Denotate (die durch sie bezeichneten Gegenstände) in einem sachlichen Zusammenhang stehen – wie eben Brille und Auge oder Brille und Glas (im Bairischen z. B. ist die metonymische Ersetzung von »Brille« durch »Gläser« üblich). Wieder wird durch eine metaphorische Ausdrucksweise, zu der die Metonymie zählt, die Nathanael in Panik versetzende Vorstellung von isolierten, beweglichen Augen ausgelöst, die den Betrachter bedrängen.

27,9 *Perspektive:* einäugige Fernrohre, mitunter ausziehbar. Erst 1822 wurde das erste Doppelfernrohr hergestellt (vgl. Orlowsky, S. 65).

27,13 f. *Coppelii ... Revenant:* des Coppelius (wiederkehrender) Geist, Gespenst.

27,25 f. *Nun erschaute Nathanael erst Olimpias wunderschön geformtes Gesicht:* Hatte Nathanael zuvor an Olimpia nur bemerkt, »daß er nie einen schöneren Wuchs gesehen«, während ihm »die Züge des Gesichts undeutlich und verworren blieben« (25,34 f.), so registriert er nun, mit Blick durch das Perspektiv, auch dessen Schönheit. Bei schärferem Hinsehen kommt es ihm dann so vor,

27,29 f. *als gingen in Olimpias Augen feuchte Mondesstrahlen auf:* Die Belebung der Automate, die offensichtlich mit der sich allmählich entwickelnden und stetig verstärkenden »Sehkraft« zusammenhängt, wird im Grunde erst durch den Blick des Beobachters verursacht. Daß der männliche Blick weibliche Figuren aus Marmor, Holz oder Wachs zum Leben erweckt, ist ein beliebtes Motiv romantischer Erzählungen von Achim von Arnim bis Heinrich Heine (vgl. *Die lebendige Puppe*).

27,33 *die himmlisch-schöne Olimpia:* Olimpia, ›die aus dem Olymp Stammende‹, erhält das der Herkunft ihres Namens angemessene Attribut, wobei Nathanael im folgenden das Adjektiv »himmlisch« ebenso auf ihre gesamte Erscheinung bezieht (z. B. 31,12; 32,29) wie einem herausragenden Detail zuordnet: ihrem Auge (34,32).

27,35 *Tre Zechini:* eigtl. *zecchini*; ›drei Zechinen‹ (alte venezianische Goldmünzen).

28,14 f. *der dumme Gedanke, ich hätte das Glas dem Coppola zu teuer bezahlt:* Der überhöhte Preis für »das kleine Perspektiv«, auf den Nathanael Coppolas »hämisches« Gelächter zurückführt, bekommt durch seine unergründliche Angst eine tiefere Bedeutung, die nicht frei von Ironie ist: angesichts seines Schicksals hat er das Perspektiv tatsächlich »zu teuer« bezahlt, nämlich mit seinem Leben.

28,29 *getrieben von Sehnsucht und glühendem Verlangen:* Kaum hat sich Nathanael in Olimpia (im wahrsten Sinne des Wortes) verguckt, wird ihm das obskure Objekt seiner Begierde wieder entzogen – mit dem Erfolg, daß er völlig von dem Wunsch, sie zu sehen, beherrscht wird. In diesem Vorgang wiederholt sich der Genußverzicht, der dem Jungen bei Coppelius' Besuchen aufgezwungen wurde: Er mußte auf die Geborgenheit im Kreis der Familie verzichten sowie auf die Süßigkeiten, die der Advokat boshaft berührte. Die nicht stattgegebene Triebbefriedigung steigert das Verlangen nach dem Lustobjekt. Nathanael gerät an den Rand eines Deliriums; er phantasiert »Olimpias Gestalt« in Lüften und Gewässern, während »Claras Bild« verlischt (28,30 ff.).

28,34 f. *Ach du mein hoher herrlicher Liebesstern:* Seine Liebesklage faßt Nathanael in eine Allegorie voller Pathos, die seine Verzweiflung bzw. die fast schon pathologische Reaktion eines der Wirklichkeit immer mehr Entrückten anzeigt. Sein »hoffnungsloses« Verhältnis zu Olimpia scheint ihm im Bildbereich des auf- und untergehenden Abendsterns (Venus!) am besten wiedergegeben. Nochmals greift er darauf zurück, wenn er, von Olimpias Hingabe überzeugt, ihr im nächtlichen Ballsaal seine Liebe gesteht (vgl. 32,1 f.).

29,5 *stäubten:* eigtl. Intensivum zu *Staub*: Staub aufwirbeln, verteilen; Staub wischten, wozu die Mägde »große Haarbesen«, die besonders lange Borsten haben, verwendeten.

29,27 f. *von zu starkem Einschnüren:* Olimpia, »reich und geschmackvoll gekleidet« (29,24 f.), trug nach damaliger Mode ein Korsett, also ein Stützmieder, das geschnürt wird. Das Kleidungsstück, das den Oberkörper einzwängt, unterstreicht ihr zwanghaft-steifes Verhalten. Daß dieses allerdings »dem Zwange zu[geschrieben wird], den ihr die Gesellschaft auflegte«, zeugt wiederum von hoffmannesker Ironie: die einem Automaten eigentümliche Reguliertheit wird als gesellschaftlich bedingt hingestellt.

29,31 *Das Konzert begann:* Zur gesellschaftlichen Präsentation der heiratsfähigen Bürgerstöchter gehört in Hoffmanns Werk (von den Kreisler-Episoden aus den *Fantasiestücken* bis zu den Julia-Szenen im *Kater Murr*) die Demonstration musischer Fähigkeiten. Olimpias ganze Erscheinung erinnert an die Hoffmann bekannte mechanische »Harmoniumspielerin« der Schweizer Uhrmacher Jaquet-Droz (s. Abb. S. 37). Ihr Klavierspiel zeichnet

Die mechanische Harmoniumspielerin
von Pierre und Henri-Louis Jaquet-Droz. 1774

ebenso wie ihren Gesang große Perfektion aus, »das eigentliche Wesen der Musik« aber erreicht sie nicht. Ihr fehlt nämlich, wie es Ludwig in *Die Automate* (1814) ausdrückt, »das Gemüt, welches sich nur jener physischen Organe bedient, um das, was in seiner tiefsten Tiefe erklungen, in das rege Leben zu bringen« (III,347). Die technische Bravour des Musikautomaten, der nicht zuletzt die Olimpia Jacques Offenbachs ihre Wirksamkeit auf der Opernbühne verdankt, hinterläßt bei den Hörern deshalb einen äußerst zwiespältigen Eindruck: Ihre Stimme klingt – ähnlich wie der Ton einer Glasharmonika – hell und klar, zugleich jedoch unangenehm ›schneidend‹ und ›gellend‹ (vgl. 29,33 u. 30,7).

30,2 f. *wie jeder Ton erst deutlich aufging in dem Liebesblick:* Die Synästhesie, die Verschmelzung eines akustischen Phänomens (Ton) mit einem optischen (Blick), weist darauf hin, daß Nathanael Olimpias Gesang erst als gemütvoll empfindet, nachdem er »Coppolas Glas« benutzt hat: Seine durch das Perspektiv ausgelöste Verliebtheit erfaßt nun auch ihre Stimme, die ihn, um nochmals die fast wortgleiche Stelle aus *Die Automate* (s. o.) zu zitieren, in »das wunderbare Reich« führt, »aus dem jene Töne wie entzündende Strahlen hervordrangen.«

30,4 *Rouladen:* schnell rollende Läufe zur Ausschmückung der Melodie.

30,6 *Kadenz:* virtuose Schlußimprovisation des Solisten ohne Begleitung.
Trillo: (ital.) Triller.

30,12 f. *Mit ihr zu tanzen!:* Im Tanz erfährt der Wunsch, mit der verehrten oder begehrten Person körperlichen Kontakt aufzunehmen, gesellschaftlich akzeptierte Erfüllung. Seine Qualität richtet sich nach dem Grad der rhythmischen Übereinstimmung der Tanzpartner. Ein Tänzer, bei dem »jede Bewegung [. . .] durch den Gang eines aufgezogenen Räderwerks bedingt« ist (33,5 f.), ist selbstverständlich mit einer »ganz eignen rhythmischen Festigkeit« (30,27 f.) ausgestattet. Diese aber widerspricht dem menschlichen Bewegungsablauf, was Siegmund zu der Bemerkung veranlaßt, »die Holzpuppe« singe und tanze im »unangenehm richtigen geistlosen Takt« einer Maschine (33,7). Der Tanz mit einem Automaten treibt »die Verbindung des Menschen mit toten das Menschliche in Bildung und Bewegung nachäffenden Figuren« (III,346) auf eine grauenerregende Spitze. Je mehr der menschliche Tänzer auf seine mechanische Partnerin einschwingt, desto deutlicher offenbart sich sein zwanghafter Charakter. Dies erhellt die Schlußszene in Federico Fellinis Spielfilm *Casanova* (1976); der Titelheld, ein notorischer Liebhaber, dreht sich auf dem zugefrorenen Canal grande mit einer Androiden im Walzertakt (s. Kap. IV/2).

30,35 *sie aufzuziehen:* Die Mehrdeutigkeit des Verbs trifft genau die dargestellte Situation: Im Kontext des Festes besagt es, daß Nathanael Olimpia »aufzieht«, d. h. zum Tanz auffordert, indem er sie auf-, also vom Stuhl hochzieht. Das kann bei einem Automaten aber nur funktionieren, wenn dieser »immer wieder« aufgezogen wird.

31,11 *»Ach-Ach-Ach!«:* Olimpias Wortschatz ist recht begrenzt; außer über den Minimalsignifikanten »ach« verfügt sie nur noch über die Abschiedsformel »Gute Nacht, mein Lieber!« (34,18). Die semantische Unbestimmtheit der Interjektion ›ach‹ erlaubt es dem verliebten Rezipienten jedoch, der Sprecherin eine ganze Skala von Gefühlen wie Erstaunen, Bewunderung, Entzücken oder Hingabe zu unterstellen.

31,12 f. *O du herrliche, himmlische Frau!:* Wie Olimpia – der Etymologie ihres Namens entsprechend (vgl. Anm. zu 16,35) – ein himmlisches Wesen, so ist für Nathanael der Himmel, dem sie entstiegen, das »Jenseits der Liebe«.

31,14 f. *Du tiefes Gemüt, in dem sich mein ganzes Sein spiegelt:* Ohne die ganze Tragweite seiner Äußerung ermessen zu können, weist Nathanael auf pathetische Weise mit der traditionellen Spiegel-Metapher seine Liebe als narzißtische Projektion aus.

31,28 f. *die Legende von der toten Braut:* Der Sagenstoff von dem Jüngling, der des Nachts von seiner toten Braut aufgesucht wird (überliefert in Johannes Praetorius' *Anthropodemus Plutonicus*, 1666), war zu Beginn des 19. Jh.s wohlbekannt. Friedrich Laun (d. i. Friedrich August Schulze) legte ihn seiner Novelle *Die Todtenbraut* zugrunde, die im zweiten Band der damals sehr beliebten, von ihm selbst und Johann August Apel herausgegebenen Erzählsammlung *Gespensterbuch* (1811) erschien. Goethe hatte ihn 1798 in seiner Ballade *Die Braut von Korinth* verwertet: Das dem Grab entstiegene Mädchen, dessen Körper »wie der Schnee so weiß, aber kalt wie Eis« ist, wird durch die »Liebeswut« des Jünglings erwärmt; dadurch aber »ist's um den geschehn«.

31,33 *Schlagschatten:* Laut Grimms *Wörterbuch der deutschen Sprache* (Bd. 9, Sp. 428) »der scharf umrissene Schatten, den ein hell erleuchteter Gegenstand wirft; Kunstausdruck der Malerei«. Passend zum Genre des Nachtstücks, unterstreicht er den unheimlichen Eindruck, den Spalanzani hervorruft.

32,2 *verklären:* veredeln, ins Überirdische erhöhen.

32,7 *blöden:* schüchternen, scheuen.

32,12 *splendid:* freigebig, glanzvoll.

33,3 *ohne Lebensstrahl:* Wieder sind es die Augen, die den Verdacht der Starrheit und Seelenlosigkeit zur Gewißheit verdichten, drückt sich doch in ihnen traditionsgemäß die Seele aus. Ein Blick, der ohne Leben oder, wie Siegmund sagt, »ohne Sehkraft« ist, zerstört den äußeren Augenschein der Schönheit. In Siegmunds Sätzen erfährt Olimpia eine Beschreibung, die das Wesentliche erfaßt: »jede Bewegung scheint durch den Gang eines aufgezogenen Räderwerks bedingt« (33,5 f.). Daß viele Kommilitonen »über Olimpia ziemlich gleich urteilen«, d. h. sie, »ihres schönen Äußern unerachtet« (32,16), für stumpfsinnig halten, zeigt Nathanaels geistige Isolation.

33,16 *dem poetischen Gemüt:* Das »poetische Gemüt« wird in Hoffmanns Werk – von den ersten *Fantasiestücken* bis zum *Kater Murr* – zumeist jungen kunstsinnigen Männern zugestanden. Es ist Voraussetzung für wahre künstlerische Tätigkeit, aber auch für die angemessene Rezeption des Kunstwerks erforderlich. In kommunikationstheoretischen Begriffen gesprochen: Nur der Empfänger, der über dieselben musisch-emotionalen Frequenzen verfügt wie der Sender (»gleich organisiert« ist), vermag die Botschaft aufzunehmen. Den »poetischen« stehen die »flachen Gemüter« (33,20) gegenüber, die den »kalten prosaischen Menschen« (33,15) eigen sind; sie haften am Alltäglichen und sind bemüht, »sich einzuschichten in den engen Kreis, den ein klägliches irdisches Bedürfnis gezogen« (34,34 f.). Daß hier eine Maschine als poetisch-gemütvoll empfunden wird, entlarvt denjenigen, der dieses Prädikat verleiht, als wirklichkeitsfern; zugleich wird der Begriff selbst problematisiert, läßt er sich doch mühelos auf eine Haltung beziehen, die durch die widerspruchslose Hingabe an die privaten Offenbarungen und Obsessionen eines sich selbst reproduzierenden Künstlers geprägt ist.

33,22 *Hieroglyphe:* (griech.) ›heilige Einritzung‹; hier: Geheimzeichen – von Novalis bis Eichendorff ein Kernbegriff romantischer Ästhetik, mit dem Elemente der die tiefsten Geheimnisse ausdrückenden Bildersprache bezeichnet wurden. Daß Nathanael ihn auf die kurzsinnigen Automatenlaute anwendet, läßt sein Dichtertum im spöttischen Licht einer forcierten Romantik erscheinen. Im Rahmen seiner *Nachtstücke* greift Hoffmann das Problem einer »den tieferen Sinn der Natur« erfassenden Darstellung, »der alle Wesen zum höheren Leben entzündet« (I,429), in der Erzählung *Die Jesuiterkirche in G.* erneut auf – nur ist es dort ein Maler, der die »Hieroglyphen-Schrift« in ein Kunstwerk umzusetzen versucht.

33,36 f. *Sympathie, von psychischer Wahlverwandtschaft:* Wie sich verschiedene Stoffe über kompatible Elemente miteinander verbinden, so finden sich – nach der Vorstellung romantischer Naturphilosophen wie Gotthilf Heinrich Schubert – auch gleichgestimmte, gefühlsmäßig übereinstimmende (sich »sympathische«) Menschen zueinander. Den aus der Chemie stammenden Terminus »Wahlverwandtschaften« wählte Goethe als Titel seines das komplizierte Beziehungsgeflecht zweier Paare behandelnden Romans von 1808.

34,5 *Sonetten, Stanzen, Kanzonen:* in den romanischen Literaturen ausgebildete Gedicht- und Strophenformen: Das Sonett besteht aus 14 jambischen Versen in zwei Quartetten und zwei Terzetten; die Stanze ist eine Strophe mit 8 Versen in fünffüßigen Jamben (ital. *ottave-rime*), wobei auf einen dreifachen Kreuzreim (ababab) ein Reimpaar (cc) folgt. Die Kanzone geht von der provenzalischen Troubadordichtung aus und wird in der italienischen Renaissance so ausgeformt, daß sie 4–12 gleichgebaute Strophen und eine abschließende kürzere (»Geleit«) enthält.

34,8 *Sie strickte und stickte nicht:* Die Tätigkeiten, die die ideale »Zuhörerin« Olimpia gerade nicht ausübt, ordnet Hoffmann gerne jungen heiratsfähigen Bürgerstöchtern wie Veronika Paulmann (*Der goldne Topf*), Christina Roos (*Der Artushof*) oder Candida (*Klein Zaches genannt Zinnober*) zu. Ironischerweise verlangen nach dem Eklat mit der Androiden etliche Liebhaber, um davon »überzeugt zu werden, daß man keine Holzpuppe liebe« (37,32), von ihrer jeweiligen Geliebten genau solche hausfraulichen Verrichtungen, etwa daß »sie beim Vorlesen sticke« (37,34) – wobei sie in dem Maße den Regeln der Gesellschaft zu gehorchen hat wie Olimpia denen der Mechanik. Nathanael hatte übrigens eine handarbeitende Zuhörerin, und zwar seine Braut Clara; nichts Aufregendes erwartend, begann sie, als er sein Gedicht zu rezitieren anhob, »ruhig zu stricken« (23,30).

34,12 *durfte:* mußte.

34,25 *recht tief aus seinem Innern:* In dieser Textpassage wird Nathanaels Narzißmus gleich mehrfach ausgedrückt. Indem er Olimpia all seine literarischen Produkte vorträgt, erfährt er ihre (notwendigerweise stumme) Rezeption als Reproduktion seines Ich. Von daher schließt er auf ihr totales Einverständnis. Und da nur er spricht, ist sein Eindruck, »als habe Olimpia über seine Werke, über seine Dichtergabe überhaupt recht tief aus seinem Innern gesprochen«, durchaus richtig. Sein »ganzes Sein spiegelt« (31,14) die widerspruchslose Holzpuppe dem auf sich selbst bezogenen Künstler wider.

34,32 *Der Blick ihres himmlischen Auges:* Nathanaels Selbstbespiegelung vollzieht sich ganz real durch Olimpias gläserne Augen. Darüber hinaus entspricht die Dominanz des Blicks gegenüber dem Wort der Bedeutung des für den Text zentralen Augen-Motivs; die visuelle Kommunikation ist als Sprache der Gefühle der verbalen Vernunft überlegen.

35,17 *Ein Stampfen – ein Klirren:* Die asyndetische Reihung substantivierter Verben steigert die Spannung, die aus der rein akustischen Wahrnehmung der Szene durch den herbeieilenden Nathanael resultiert. Zur Unmittelbarkeit der Wiedergabe dessen, was an sein Ohr dringt, trägt ebenso die Ellipse von Prädikaten (und damit die Aufhebung des Erzähltempus) bei wie die in Dialogfetzen zerrissene wörtliche Rede.

35,21 f. *ich das Räderwerk:* Spätestens hier wird, was der Leser schon lange vermutet, offenkundig: die arbeitsteilige Kooperation von Spalanzani und Coppola bei der Konstruktion Olimpias. Während der »Professor für Physik« (16,4 f.) für den Mechanismus der Puppe zuständig war – er selbst behauptet, »zwanzig Jahre daran gearbeitet« zu haben (36,14) – und mit dem »Räderwerk« auch ihre Bewegungen und sprachlichen Äußerungen ermöglichte, hat der Optiker Coppola »die Augen gemacht« (35,21).

35,24 *Puppendreher:* Wortlaut nach dem Manuskript; der »Puppendreher« drechselt Holzpuppen. Im Erstdruck steht »Peipendreher«, ein nicht belegbares Wort. Hingegen läßt sich »Piependreher« in der Bedeutung ›Gaukler,

Betrüger‹ in der zeitgenössischen Lexik nachweisen (vgl. Orlowsky, Kap. III/2).

35,25 f. *Spalanzanis und des gräßlichen Coppelius Stimmen:* Während sich Nathanael Spalanzanis Arbeitszimmer nähert, hört er dessen und des Coppelius Stimme; er sieht aber dort Coppola. Dieser Widerspruch ist wohl weniger dadurch zu erklären, daß »beider Stimmen« zum Verwechseln ähnlich sind (Hohoff, S. 271); vielmehr scheint Hoffmann, der die Szene ja ganz aus der Perspektive des entsetzten Nathanael schildert, dessen Fixierung auf Coppelius zu unterstreichen, die selbst die auditive Rezeption beeinflußt bzw. das Hören beeinträchtigt – was sich eben in der Verwechslung der Personen niederschlägt.

35,37 *Phiolen:* kugelförmigen Flaschen mit langem Hals. *Retorten:* birnenförmige Glasgefäße mit langem gebogenen Hals, ursprünglich zur Destillation gedacht. Durch die moderne Reproduktionsmedizin hat die Retorte, in der die künstliche, extrakorporale Befruchtung erfolgt, Aktualität und Popularität erlangt.

36,8 *statt ihrer schwarze Höhlen:* An Olimpia muß Nathanael vollstreckt sehen, was er in seinem dunklen Gedicht über Clara phantasierte (vgl. 23,4 f. und Anm. zu 22,25).

36,13 *Coppelius – Coppelius:* In seiner Erregung scheint Spalanzani mit dem zweimal ausgerufenen Namen die Identität von Coppelius und Coppola endgültig preiszugeben. Dennoch ist es auch hier denkbar, daß Nathanael, obwohl er den »Italiener Coppola« sieht (35,29 und 34), diesen seiner Obsession entsprechend als Coppelius versteht.

36,16 *die Augen dir gestohlen:* Da Nathanael die ganze Szene beobachtet, das Geschehen also mit eigenen Augen verfolgt, können diese ihm im wörtlichen Sinn nicht »gestohlen« worden sein. Spalanzanis Aussage muß also eine metaphorische Bedeutung haben.

36,18 *ein Paar blutige Augen:* Das Bild erinnert wiederum an Nathanaels Fiktion (22,26), läßt sich aber auch aus der realen Situation herleiten: Nach Spalanzanis Sturz in die Flaschen und Geräte hatten »Glasscherben ... ihm Kopf, Brust und Arm zerschnitten« (36,9 f.); daß dabei auch Olimpias künstliche Augen, »auf dem Boden liegend«, von dem »wie aus Springquellen« Blutenden verschmiert wurden, ist leicht vorstellbar.

36,21 f. *Da packte ihn der Wahnsinn mit glühenden Krallen:* Der Wahnsinn wird hier als Raubtier beschrieben, das den Menschen mit seinen »Krallen« zerreißt. Hoffmann gebraucht das Bild des öfteren in seiner allegorischen *Vision auf dem Schlachtfelde zu Dresden* (1815), um die Rache des unerbittlichen Schicksals am machtbesessenen Kaiser Napoleon zu veranschaulichen.

36,23–25 *Feuerkreis! dreh dich ... Holzpüppchen dreh dich:* Die später auf der Galerie wiederholte Kombination der beiden Nominalkomposita »Feuerkreis« und »Holzpüppchen«, die die Spezifik von Nathanaels Wahnsinn begrifflich erfassen, seine Erscheinungsform wie seine Ursache benennend, erhält durch die sprachliche Umgebung: die einleitende dreifache Interjektion »Hui«, das geradezu makaber anmutende Adjektiv »lustig« und die Gemination des Imperativs »dreh dich«, schauerliche Intensität. Das Chaos des Geistes, zuvor bloß ein dichterischer Einfall (vgl. 22,27 f.), trifft Nathanael jetzt wirklich mit aller Härte – den dieses symbolisierenden *Feuerkreis* hat Hoffmann selbst gesperrt drucken lassen.

36,36 *nach dem Tollhause:* ins Irrenhaus (toll: irre, wahnsinnig).

37,4 *Automat-Fabrikanten:* Automatenhersteller. Wie zuvor sein Landsmann Coppola (11,37) wird der berühmte Physik-Professor Spalanzani als »geschickter Mechanicus« bezeichnet und von seinen Fähigkeiten das hervorgehoben, was Gegenstand der gesellschaftlichen Diskussion ist: die Herstellung menschenähnlicher Automaten.

37,8 f. *vernünftigen Teezirkeln:* Die Teezirkel, oft auch mit dem Attribut »ästhetisch« versehen, da in ihnen Kunstwerke durchgehechelt und exekutiert wurden, sind als geist- und seelenlose Repräsentationsstätten des Bildungsbürgertums von romantischen Schriftstellern häufig mit beißendem Spott attackiert worden (z. B. von Ludwig Tieck: *Die Teegesellschaft*, 1787; Joseph von Eichendorff: *Ahnung und Gegenwart*, 1815; Wilhelm Hauff: *Mittheilungen aus den Memoiren des Satans*, 1. Tl., 1826; Heinrich Heine: *Lyrisches Intermezzo*, Nr. 50, 1822). Hoffmann, der, auf allen Gebieten der Kunst versiert, »ein unerhörter Fund« für derartige Gesellschaften war, wie sein erster Biograph Hitzig schreibt, hat seine bitteren Erfahrungen mit dem utilitaristischen Kunstverständnis der Veranstalter, die Musik wie Gebäck und Konfekt genossen, in verschiedenen Erzählungen festgehalten, u. a. in *Johannes Kreislers, des Kapellmeisters, musikalische Leiden* (1810); *Klein Zaches genannt Zinnober* (1819); *Der Zusammenhang der Dinge* (1819); und in Ottmars Bericht über den »ästhetischen Tee« aus dem 4. Band der *Serapions-Brüder* (1821).

37,10 *einzuschwärzen:* einzuschmuggeln.

37,19 *eines eleganten Teeisten:* eines modebewußten, gekkenhaften Mannes, der die Teegesellschaften zu frequentieren pflegt, wobei die Wortbildung »Teeist« durch die lautliche Ähnlichkeit mit der Bezeichnung für einen Anhänger des Theismus/Deismus den Besuch der Teezirkel gleichsam als eine Ideologie erscheinen läßt.

37,26 *eine Allegorie – eine fortgeführte Metapher:* Der Professor der Poesie und Beredsamkeit definiert im Sinne seiner Disziplin, der Rhetorik, die Allegorie als »eine fortgeführte Metapher« (vgl. Quintilian, *Institutio oratoria*, 2,46: »allegoriam facit continua metaphora«). Da die Metapher eine Form der uneigentlichen Rede ist, mißt der Rhetorik-Professor der »Geschichte mit dem Automat« nur eine übertragene, allegorische Bedeutung zu, bestreitet also, daß »das Ganze« sich eigentlich begeben habe; es müsse vielmehr auf einen anderen Sinnzusammenhang übertragen werden: Das Verhältnis von Nathanael und Olimpia sei so als Metapher für eine gescheiterte Liebesbeziehung zu verstehen.

37,27 *Sapienti sat!:* Dem Verständigen genügt's! Das reicht für den Kenner!

38,6 ff. *der Kriminaluntersuchung wegen ... eingeschobenen Automats:* Der Jurist Hoffmann ahmt hier den Duktus strafrechtlicher Protokolle bzw. Aktenvermerke nach; der Stauchung des Sachverhaltes in einem gestelzten Syntagma fällt sogar der bestimmte Artikel zum Opfer: »wegen [...] Automats«.

38,8 f. *Coppola war auch verschwunden:* In der Handschrift folgt an dieser Stelle der Satz: »Am Ende war es doch wohl der gräßliche Sandmann Coppelius.« Die Vermutung hätte nicht in den ironisch-nüchternen Bericht des Erzählers gepaßt; darüber hinaus unterstreicht die Tilgung des Satzes, daß Hoffmann eine allzu simple Identifizierung Coppolas mit dem »Sandmann Coppelius« vermeiden wollte.

38,26 f. *Das Glück war unterdessen in das Haus eingekehrt:* Nach dem retardierenden Moment, das sich durch die Beschreibung von Nathanaels Genesung in der heimischen Umgebung einstellt, wirkt – wie in der klassischen Tragödie – die Katastrophe noch gewaltiger und geradezu unausweichlich. Der Wohlstand, den die Erbschaft des Oheims mit sich brachte, vermag Nathanaels Verhängnis nicht aufzuhalten. Auf weitaus weniger dramatische Weise hat zuvor schon der fiktive Erzähler auf die Scheinhaftigkeit des Glücks hingewiesen. Nach Nathanaels Ankunft »in seiner Vaterstadt« war »in dem Augenblick, als er Clara wieder sah«, zwar »jede Verstimmung [...] verschwunden« (20,23 f.); dennoch merkten alle, daß er in »seinem ganzen Wesen durchaus verändert sich zeigte« (20,31).

39,2 *ein Engel:* Seine Verirrungen erahnend, bezeichnet Nathanael diesmal wieder Clara als himmlisches Wesen; sie führe ihn »auf den lichten [!] Pfad« zurück. Er rückt damit seine Braut und baldige Gemahlin in das Bestimmungsmuster selbstloser Gattenliebe, das Hoffmann aus Beethovens Oper *Fidelio* (1805) wohlbekannt war: Der inhaftierte Florestan träumt, daß ihn ein »Engel Leonore, der Gattin so gleich«, aus dem dunklen Kerker ans Licht der Freiheit bringen werde – und da das geschieht, kann abschließend die Aufforderung zum allgemeinen Loblied erfolgen: »Wer ein holdes Weib errungen, stimm in unsern Jubel ein!«

39,4 *tief verletzende Erinnerungen:* Die zeitgenössische Seelenheilkunde ging davon aus, daß die Erinnerung an Umstände, die ein psychisches Trauma auslösten, eine erneute Krise hervorrufen könne.

39,8 f. *der hohe Ratsturm warf seinen Riesenschatten über den Markt:* Das ist, um mit Hoffmann zu sprechen, »wunderlich«; denn »zur Mittagsstunde«, da die Sonne ihren Höchststand erreicht, ist der Schatten gewiß nicht riesenhaft (vgl. Koebner, S. 294). Schon im Bericht des Erzählers wird so die dargestellte Wirklichkeit allmählich ins Mythisch-Ungeheuerliche verrückt, ein Prozeß, der dann in Nathanaels Wahnsinnsausbruch kulminiert.

39,14 *Da standen die beiden Liebenden:* Ab hier weicht die Druckfassung von der Handschrift ab (vgl. Textausgabe, S. 44 f.); darin wendet sich Coppelius mit »widerwärtige[r] Stime« direkt an Nathanael und fordert dessen Sprung über das Geländer heraus, was ihn als dämonischen, aktiv in Nathanaels Leben eingreifenden Finsterling vereindeutigte.

39,17 *wie eine Riesenstadt:* Der wechselseitige Vergleich von Gebirge und Stadt, der bis in Einzelheiten reicht (Straßenschluchten, Kamine, Häusergipfel usw.), findet sich in Ludwig Tiecks Novelle *Der Runenberg* (1804) vorgeprägt.

39,18 *den sonderbaren kleinen grauen Busch:* Indem einem vom Turm aus wahrgenommenen Naturphänomen Merkmale und Eigenschaften zugeordnet werden, die den Advokaten Coppelius kennzeichnen, (»*busch*igte *graue* Augenbrauen«, »asch*grauer* Rock«), findet eine metonymische Verschiebung statt; dadurch wird die bedrohliche Erscheinung des Coppelius antizipiert, der, wie der Busch auf die Betrachter »ordentlich los zu schreiten scheint«, inzwischen »gerades Weges nach dem Markt geschritten war« (40,16 f.).

39,21 f. *Clara stand vor dem Glase:* Erstaunlicherweise ist dieser Satz in der Forschungsliteratur nicht selten überlesen worden. Jedenfalls sieht Nathanael, wenn er überhaupt etwas sieht, Clara durch das Fernrohr. Und indem er durch dasselbe Perspektiv, durch das er zuvor »nach der schönen Olimpia« schaute (vgl. 29,36 ff.), nun Clara erblickt, erlebt er, wovor ihn seine Freunde bewahren wollten: einen furchtbaren »Anklang an die Vergangenheit« (38,36 f.). Daß er dabei die schrecklichen Geschehnisse um Olimpias Demontage assoziiert, belegt der Satz, den er bei seinem Wahnsinnsausbruch herausschreit: »Holzpüppchen dreh dich!«

39,25 *wie ein gehetztes Tier:* Durch den Wahnsinn – so die damalige medizinische Lehrmeinung – verliert der Mensch die Vernunft, die ihn vom Tier unterscheidet. Von daher erklären sich die animalischen Züge, die das Verhalten des Wahnsinnigen prägen: er tobt, rast, brüllt »tierisch«, rollt mit glühenden Augen usw.

39,28 *und mit gewaltiger Kraft faßte er Clara:* Die Szene auf der Galerie erinnert im Sprachgestus und in der dramatischen Konzeption an den Schluß von Ludwig Tiecks Erzählung *Liebeszauber* (1812) aus dem *Phantasus*. Dort erdolcht der wahnsinnig gewordene Protagonist seine Braut, die den verheerenden Liebeszauber in Auftrag gegeben hatte, und stürzt sich dann mit der hexenhaften »grauen Alten« in den Tod.

40,8 *dem Wütenden:* dem Tobenden, Rasenden.

40,14 f. *unter ihnen ragte riesengroß der Advokat Coppelius hervor:* In Nathanaels Sicht wird Coppelius zur mythischen Gestalt, die er als »riesengroß« empfindet und, wie sein letzter Ausruf: »Sköne Oke«, verrät, mit Coppola und dem »fabelhaften Sandmann« identifiziert.

40,26 *Nach mehreren Jahren:* Der angehängte Schlußabschnitt stellt einen besonderen Kunstgriff Hoffmanns dar. Auf Nathanaels Katastrophe folgt ziemlich unvermittelt die recht mittelbare Schilderung von Claras »ruhige[m] häusliche[m] Glück«, dessen Wirklichkeitsstatus aufgrund des konjunktivischen Modus (»will man gesehen haben«; »es wäre daraus zu schließen«) schwer einzuschätzen ist. Daß aus der traulich-kleinbürgerlichen Familienszene allerdings zu folgern erlaubt ist, Clara habe doch noch eine ihr Naturell befriedigende Existenzform gefunden, relativiert im nachhinein ihr Verhältnis zu ihrem unglücklichen Bräutigam. Problemlos scheint ihr der Umstieg von der Tragödie in die Idylle geglückt zu sein.

II. Zur Textkomposition

1. Multiperspektivität

Ein Blick in das Literaturverzeichnis macht ersichtlich, welch großes Interesse die philologische Forschung der letzten Jahrzehnte Hoffmanns Nachtstück *Der Sandmann* entgegengebracht hat. Seine Beliebtheit bei Interpreten verschiedenster wissenschaftstheoretischer Ausrichtung (vgl. Kap. III,2), häufig auf eine Eigenschaft zurückgeführt, die mit dem Schlagwort ›Modernität‹ bezeichnet wird, dürfte nicht unwesentlich mit den (diese ja kennzeichnenden) Unbestimmbarkeitsmomenten zusammenhängen, die die exegetischen Bemühungen allmählich an den Rand des Unüberschaubaren treiben und die *Sandmann*-Auslegung zu einer literaturwissenschaftlichen Sonderdisziplin eskalieren lassen. Schon bei dem Versuch, die einfache Fabel, den schlichten Ablauf der Handlung mitsamt dem sie tragenden Personal wiederzugeben, wird die Schwierigkeit einer eindeutigen Festlegung spürbar; denn die Darlegung einzelner Ereignisse setzt immer eine Entscheidung für eine bestimmte Sichtweise voraus, während der Text mehrere, zumindest zwei Perspektiven anbietet. Bereits für das grundlegende Verständnis des Erzählzusammenhangs liefert er zwei unterschiedliche hermeneutische Ansätze.

Nathanael ist von dem »Einwirken irgend eines außer uns selbst liegenden höheren Prinzips« (21,5 f.), das jede freiheitliche Bestrebung des einzelnen unterbinde, zutiefst überzeugt und sieht diesen allgemeinen Satz durch sein Leben bestätigt. Clara hingegen vertritt mit Lothar die Meinung, daß jede den Menschen bedrängende »dunkle Macht« (14,13) nur im »Innern existieren« und erst bedrohlich werden könne, wenn sie als »Fantom« des Ich in die Außenwelt verlagert werde. Beide Erklärungsmodelle, das metaphysische Nathanaels und das psychologische Claras, scheinen, obwohl sie einander ausschließen, von der Geschichte belegt zu werden. Der Eindruck des Studenten, er sei ein Spielball finsterer Gewalten, ist angesichts der unheilvollen Aktionen, mit denen Coppelius alias Coppola ihn seit seiner Kindheit verfolgt, nicht einfach wegzuwischen. Der Advokat hindert den Knaben daran, elementare Bedürfnisse auszuleben: Er entzieht ihm die Aufmerksamkeit des Vaters und zerstört die Geborgenheit im Kreise der Familie, indem er sich zwischen die Eltern drängt; des weiteren vergrault er den Kindern »recht mit Bedacht und Absicht« den Spaß an Süßigkeiten. Der Optiker Coppola trägt dazu bei, daß sich der Student von seiner Braut ab- und einer Puppe zuwendet, indem er Nathanaels Wahrnehmung durch das Fernrohr beeinflußt. Daß dieser überhaupt in Olimpias Nähe gelangte, ist einem Umzug zuzuschreiben, der als Folge eines Brandes notwendig wurde, und desgleichen war Feuer im Spiel, als der von Coppelius beherrschte Vater im nächtlichen Laboratorium ums Leben kam. Die doppelte Vaterschaft wiederholt sich bei der Androiden, wie Nathanael im Moment ihrer Demontage erfahren muß: Coppola und Spalanzani hatten ihr »bestes Automat« an ihm getestet, ein Experiment in angewandter Mechanik, das ihn in den Wahnsinn trieb, dem er, später auf dem Turm, mit einem erneuten Blick in das verhängnisvolle Perspektiv unter den Augen des herbeigeeilten Coppelius wiederum anheimfällt. Die unvermeidliche Katastrophe drückt sich – im ursprünglichen Sinn des griechischen Wortes – in seinem ›Sturz‹ von der Galerie aus.

Das zu seiner Vernichtung geschmiedete Komplott läßt sich jedoch auch – und das spricht für Claras Position – als bloße Konstruktion eines »im Innern zerrissenen« Menschen begreifen. Als Junge identifiziert Nathanael den alten Coppelius, der ohnehin den Abscheu der Kinder erregt, mit jenem augenraubenden Bösewicht aus dem Märchen der »Wartefrau«; dessen schreckliches Bild fügt ihm ein lebenslanges Trauma zu, wodurch er alle Vorgänge, an denen Coppelius beteiligt ist, in verheerender Logik schlüssig miteinander verknüpft, d. h. in einen auf ihn zielenden Vernichtungsprozeß einbindet. So erscheint ihm Coppelius als »anatomischer Satan« (I,151), der ihm die Gliedmaßen versetzt, und sogar als Vatermörder, der, da er »zum letztenmale kommt« (10,30), seinen Anteil am Teufelspakt einfordert (tröstlicherweise entgeht der Vater dem »ewigen Verderben«). Durch den Piemonteser Coppola, der mit optischen Geräten handelt und dessen »Figur und Gesichtszüge« an den Advokaten erinnern – zudem ist die Ähnlichkeit der Namen frappierend –, werden die verdrängten Kindheitserlebnisse wieder wachgerufen. Sie prägen Nathanaels Austausch mit seinen Mitmenschen, vor allem seine Kontakte zu Frauen. Wie ihm als Kind die direkte, körperhaft-sinnliche Teilhabe an seiner Umwelt mit Drohungen und Zwangsmaßnahmen untersagt wurde, so daß er auf sich selbst verwiesen war, wendet er sich als Erwachsener jeder möglichen Liebespartnerin auf indirekte Weise (vermittelst eines Gedichtes oder eines Fernglases) zu, um sich, wieder auf sein Ich konzentriert, in ihr zu spiegeln. Die quasi stumme Olimpia ist eine ideale Projektionsfläche. Da er in ihrer Liebe sein Selbst wiederfindet, muß ihre Zertrümmerung seine eigene Vernichtung nach sich ziehen. Den Sprung im Wahnsinn von der Galerie begleitet er mit dem Ausruf »Sköne Oke!«, mit dem der Optiker Coppola seine Ware feilbot, obwohl er den Advokaten Coppelius drunten auf dem Marktplatz erblickt, und zeigt damit an, was bereits seine gespaltene Wahrnehmung beim Kampf um Olimpia in Spalanzanis Arbeitszimmer, wo er Coppelius hörte und Coppola sah, verriet: für ihn handelt es sich um ein und dieselbe Person, den »fürchterlichen Sandmann«.

Die Titelfigur des Nachtstücks entzieht sich ebenso einer eindeutigen Bestimmung wie sein innerer Zusammenhang. Ob in der gängigen Version des harmlosen Märchens, dessen eigentliche Bedeutung die Mutter erläutert, oder in der grausamen der Kinderfrau – der Sandmann ist eine fiktive Gestalt, zur Disziplinierung schlafunlustiger Kinder erfunden. Weil er dem »Thanelchen«, das ihn nach Kinderart in die Wirklichkeit transferiert und mit dem abendlichen Besucher gleichsetzt, nie unter die Augen kommt, entfaltet er sich »im kindlichen Gemüt«, in der Phantasie – zeichnend sucht ihn der Junge zu erfassen. Und forthin wird der Sandmann mit Elementen des Phantastischen ausgestattet. Coppelius, den der zehnjährige Nathanael in ihm entdeckte, erhält in der suggestiven Schilderung des aufgewühlten Briefschreibers dämonische Züge, wird durch des Studenten »mystische Schwärmerei« (21,7) zum Prinzip des Bösen stilisiert und ins Ungeheuerliche verzerrt: »riesengroß« wie der Schatten des Rathausturms (eine physikalische Absonderlichkeit bei dem Sonnenstand »zur Mittagsstunde«) ragt er unter den Schaulustigen hervor. Der fiktive Sandmann wird aus der Mythe in die Realität versetzt, der reale Coppelius ins Mythische überhöht, und nie ist sicher zu entscheiden, welche seiner Eigenschaften und Verhaltensweisen mehr der Einbildung, welche mehr der Erfahrung entstammen. Zu dieser hermeneutischen Unsicherheit trägt der Hoffmannsche Kunstgriff wesentlich bei, das Erscheinungsbild des Advokaten wie auch das seines italienischen Namensvetters immer nur von Nathanael zeichnen zu lassen – dem Verfasser des Briefes, der sich an die Schrecknisse im Kreise der Familie erinnert, dem des Gedichtes, der das schreckliche Ende seiner Liebesbeziehung antizipiert –; ja selbst im Bericht des Erzählers wird die Szene, die die Identität von Coppelius und Coppola endgültig zu klären scheint, ganz aus Nathanaels Sicht dargestellt. Als er in der Absicht, um Olimpias Hand anzuhalten, das Haus des Physikprofessors betritt, vernimmt er »ein wunderliches Getöse«, und in dem erregten Dialog aus Wortfetzen und Ausrufen unterscheidet er »Spalanzanis und des gräßlichen Coppelius Stimmen« (35,25 f.); voller Angst dringt er in das »Studierzimmer« ein und muß mitansehen, wie sich Coppola (!) der Puppe bemächtigt. Obgleich er den Piemonteser erblickt, hört er, diesmal aus Spalanzanis Mund, der den Namen des Diebes preisgibt, wiederum »Coppelius«. Offensichtlich ist gerade seine akustische Wahrnehmung auf diesen fixiert; immerhin vermochte er das beim Besuch des

Sandmanns auferlegte Sehverbot in seiner Kindheit nur dadurch zu unterlaufen, daß er lauschte. Allerdings ist es auch denkbar, daß Spalanzani, der, beraubt und verletzt, sein Experiment mit einem menschähnlichen Automaten aufdeckt, aus Wut die wahre Identität des angeblich langjährigen Bekannten aus Piemont verrät. Der Text jedenfalls beläßt sie im dunkeln.
Desgleichen ist es schwer, ein klares Urteil über Clara zu fällen. Der fiktive Erzähler macht aus seiner Sympathie für sie keinen Hehl und gesteht ihr außerordentliche emotionale und intellektuelle Fähigkeiten zu (vgl. 20,4 ff.). Zugleich räumt er aber eine gewisse Befangenheit ein; insbesondere wenn sie ihn »holdlächelnd anblickte«, habe sie ihn fasziniert. Seine fehlende Objektivität sucht er durch die Meinung von Experten auszugleichen, die, als Architekten, Maler, Dichter und Komponisten »von Amts wegen« mit Schönheit befaßt, sich über Claras Aussehen und Ausstrahlung äußern. Eine derartig mittelbare Darstellung relativiert jede über Clara gefaßte Meinung, und die durch das Erzählverfahren gebrochen wirkende Charakteristik wird mit der resümierenden Wiedergabe kontroverser Urteile über ihre Person konkretisiert. Während sie die einen als »kalt, gefühllos, prosaisch« schelten, sehen andere in ihr »das gemütvolle, verständige, kindliche Mädchen« (20,13 ff.). Die Zwiespältigkeit ihrer Bewertung lenkt den Leser auf die Ambivalenz ihres Verhaltens gegenüber dem »herzinnigstgeliebten Nathanael«. Einerseits sehnt sie sich »mit ganzer Seele« nach ihm, bemüht sich, seine Befürchtungen mit vernünftigen Argumenten zu zerstreuen, empfiehlt sich ihm als »Schutzgeist« und verhindert das mörderische Duell zwischen dem Geliebten und dem Bruder. Anderseits begegnet sie den bedrückenden Gedanken des Bräutigams mit den täglichen Erfordernissen im Haushalt, was dieser angesichts seiner manifesten Ängste als zynisch empfinden muß. Daß ihrem Naturell »das ruhige häusliche Glück« entspreche, wird kaum als Kompliment verstehen, wer Hoffmanns sarkastische Ausführungen über die Ehe und die sie begierig

anstrebenden Bürgerstöchter (vgl. Anm. zu 34,8) berücksichtigt. Vor allem aber wird Claras ambivalente Zeichnung durch die abschließende Nachricht von der kleinbürgerlich-trauten Familienszene unterstrichen; deren sprachliche Vermitteltheit im konjunktivischen Modus kontrastiert scharf mit der unvermittelten Abfolge der erzählten Episoden: an Nathanaels Tragödie schließt sich Claras Idylle an.
Auch der Erzähler, der sich mit der Gunst heischenden Anrede »günstiger Leser!« massiv zu Wort meldet (17,13), verfügt nicht souverän über die mitgeteilten Geschehnisse; der dazu nötigen Distanz ist sein vertrauter Umgang mit der Familie abträglich. Er kennt deren Geschichte (vgl. 19,5 bis 13), weiß um etliche Eigenheiten ihrer Mitglieder, kommt gut mit Clara aus und über »Freund Lothar« mit den doch sehr persönlichen Briefen in Berührung. Von daher ist seine Betroffenheit über des »armen« Nathanael Schicksal nachzuvollziehen, das ihn ganz gefangen nehme, »Brust, Sinn und Gedanken« beherrschend. Die Empfindungen, die ihn im Moment der Niederschrift bewegen, sucht er im fingierten Dialog mit dem Leser bei diesem wachzurufen, indem er ihn in eine emotional vergleichbare Situation versetzt. Die eindringliche Schilderung der körperlichen Reaktionen, die sie auslöst: Anstieg der Körpertemperatur, Erhöhung der Pulsfrequenz, Rötung der Wangen, und der Unfähigkeit zu einer der Intensität der Gefühle angemessenen Mitteilung, also die suggestive Darstellung eines allgemein bekannten psychosomatischen Phänomens zielt letztlich auf das bessere Verständnis des (fiktiven) Lesers für die besonderen Probleme des (fiktiven) Erzählers. Sie werden exemplarisch am passenden Einstieg erörtert. Die Muster (Topoi), die die Poetik (Rhetorik) für die Einleitung (Exordium) von Erzähltexten anbietet, werden verworfen (18,18 ff.), da sie nicht an »das wirkliche Leben« in seiner Wunderlichkeit heranführen: Weder der traditionelle Märchenanfang (»es war einmal«) noch die Ortsangabe als sachlicher Beginn eines sich allmählich zuspitzenden Geschehens (narrative Klimax) noch die In-medias-res-Technik

können den Erzähler befriedigen, weshalb er auf jede in der Literatur überlieferte oder von der Poetik vorgeschriebene Einleitung verzichtet (»Ich beschloß gar nicht anzufangen«) und die Briefe für sich sprechen läßt. So den ungewöhnlichen Einstieg im nachhinein rechtfertigend, gibt er diese als authentisch aus, gleichsam als Dokumente aus dem wirklichen Leben, an dem er seinen Bericht, der Nathanaels Geschichte bis zu ihrem bitteren Ende fortschreibt, auszurichten bemüht ist. Die Fiktion veröffentlichter Briefe gehört ebenso wie die Verwendung eines Elemente und Methoden des Erzählens reflektierenden Erzählers zu einem narrativen Verfahren, mit dem der Autor Hoffmann unzweifelhaft perspektivische Vielfalt zu erreichen sucht: Im ersten Brief vergegenwärtigt sich Nathanael die ihn prägenden Kindheitserlebnisse (in Form einer Anamnese, wie die Medizin die Vorgeschichte einer Krankheit nach Angaben des Kranken bezeichnet), und Claras Brief tut ihre rationalistische Sicht der Ereignisse kund. Der Erzähler stellt sich selbst als eine auf der Ebene des Erzählgeschehens angesiedelte Person dar, die Nathanaels Verhängnis miterlebt hat und nun um eine sprachlich adäquate Vermittlung ringt; dennoch vermag er nüchterne Informationen zu liefern, z. B. über die Qualität von Nathanaels Dichtungen oder über den Wohlstand der Familie, und sich mitunter ganz in seinen unglücklichen Helden zu versetzen und eine Szene (wie die von Olimpias Zerstörung) so zu schildern, wie sie sich diesem eröffnet. Daß er außerdem noch diverse Meinungen, die im gesellschaftlichen Umfeld kursieren (etwa die der Künstler über Clara oder der Teegesellschafter über den Betrug »mit dem Automat«), präsentiert und Auseinandersetzungen (wie die zwischen Siegmund und Nathanael um Olimpias »Stumpfsinn«) in wörtlicher Rede, d. h. in der persönlichen Diktion der Dialogpartner wiedergibt, unterstreicht seine Ablehnung einer einsinnigen Nachahmung der Wirklichkeit, durch die »das Wunderbare, Seltsame« wegrationalisiert würde. Wie sehr Hoffmann an einem komplexen Realitätsbegriff gelegen ist, zeigen die Änderungen, die er für die Druckfassung vornahm. Aus der ersten Niederschrift strich er die tödlich endende Begegnung der kleinen Schwester mit Coppelius, des weiteren veränderte er die Turmszene mit Nathanaels Selbstmord, den ursprünglich der Advokat herausgefordert hatte. Eine derartige Dämonisierung hätte Coppelius einseitig im Sinne Nathanaels auf die Verkörperung der allzeit präsenten Macht der Finsternis festgelegt. Durch die Überarbeitung erhält nun auch die psychologisch-rationale Deutung à la Clara ihre Berechtigung. Daß »Gestalten des gewöhnlichen Lebens« im subjektiven Erleben »fremdartig« und geheimnisvoll erscheinen und »das dem Fantastischen hingegebene Gemüt« sogar durch »das gemeinste aus dem Alltagsleben« angeregt und bewegt wird (I,12), machte Hoffmann an der »Manier« des französischen Malers und Kupferstechers Jacques Callot (1592–1635) aus, zu der er sich in seinen erfolgreichen *Fantasiestücken* (1814/15) bekannte (als deren Verfasser brachte er sich werbewirksam bei der Publikation der *Nachtstücke* in Erinnerung). Auch der fiktive Erzähler im *Sandmann* erläutert die Textproduktion mit Begriffen aus der Malerei, der schon der Titel des Zyklus, *Nachtstücke*, entlehnt ist: Das »innere Bild« zuerst »mit einigen verwegenen Strichen« (17,33 f.) skizzierend, um dann »erzählend immer mehr und mehr Farbe hineinzutragen« (18,32 f.), arbeite er als Dichter »wie ein guter Porträtmaler« – so könne »manche Gestalt« der Wirklichkeit angenähert werden, in der sich fortwährend Wunderbares und Alltägliches durchdringen und phantastische Phänomene mit prosaischen Sachverhalten vermischen. Ebendiese Vielschichtigkeit des Daseins erfordert, damit es im Text, obgleich nur verzerrt, gebrochen und unscharf, widergespiegelt werden kann, eine multiperspektivische Darstellung.

2. Das Auge – ein Motivkomplex

Der Vielzahl der Sichtweisen auf Nathanaels Lebensgeschichte entspricht die Vielfalt der Bedeutungen, die dem Wortfeld ›Auge‹ zugeordnet sind, und ihre leitmotivische Verwendung verleiht dem perspektivisch offenen Text Zusammenhalt und thematische Dichte. Von daher ist Freud sicherlich zuzustimmen, der »die unvergleichlich unheimliche Wirkung der Erzählung« weniger dem »Motiv der belebt scheinenden Puppe Olimpia« (die nicht zuletzt durch ihren Auftritt in Jacques Offenbachs Oper *Hoffmanns Erzählungen* von 1881 gewiß zu deren Popularität beigetragen hat) zuschreibt als der an die titelgebende Sandmann-Gestalt gebundenen »Vorstellung, der Augen beraubt zu werden« (Freud, Kap. III/2). Beide Motivbereiche, Auge und Automat, sind allerdings ineinander verschränkt. Solange ihn Olimpias Augen »seltsam starr und tot« anmuten, ist Nathanael die Holzpuppe »höchst gleichgültig«; sie fesselt ihn erst, als sie, durch das Perspektiv betrachtet, allmählich »Sehkraft« und damit Leben erlangt. Bei ihrem Konzertvortrag greift er, um ihre Züge besser zu erkennen, wieder zu »Coppolas Glas« und nimmt ihren sein Herz entflammenden »Liebesblick« wahr. In ihr Auge schauend, das ihm »Liebe und Sehnsucht« verrät, fühlt er in dem ansonsten »eiskalten« Körper »des Lebensblutes Ströme« pulsierend fließen. Und erst, wenn er im Moment ihrer Zerstörung, der sich ihm als fürchterliche Mordszene darstellen muß, ihr »toderbleichtes Wachsgesicht« sieht, dem die Augen fehlen, begreift er: »sie war eine leblose Puppe« (36,8 f.). Ihre Belebung wird also durch den Blick des Beobachters verursacht, der den Grad ihrer Lebendigkeit an ihren Augen abliest.

Beispielhaft macht die Olimpia-Episode den grundlegenden Doppelsinn des Lexems ›Auge‹ deutlich: Zum einen meint es, wie Heyses *Handwörterbuch der deutschen Sprache* (Magdeburg 1833) angibt, »das Werkzeug des Sehens« und dann metaphorisch »das geistige Anschauungsvermögen,

Einbildungskraft, Verstand, Urtheil« (hiervon zeugen Wendungen wie ›die Sache schwebt, liegt mir vor Augen‹, ›einem die Augen öffnen‹, ›ich sehe die Sache mit anderen Augen‹, ›einem Sand in die Augen streuen‹ usw.). Zum andern werden mit ihm »Mienen u. Geberden«, d. h. Stimmungslagen (›mit einem lachenden und einem weinenden Auge‹) ausgedrückt – seit der Antike gilt das Auge als Spiegel der Seele. In beide semantischen Richtungen schreitet der Autor des *Sandmann* bei der Gestaltung des Augenmotivs voran, wobei er den Wortsinn, der sich auf das Auge als sinnlich wahrzunehmendes Organ der visuellen Wahrnehmung bezieht, durch zahlreiche metaphorische Bedeutungen variiert und erweitert; desgleichen siedelt er die Angst um den Augenverlust nicht nur auf der realen Ebene der Erzählung an, sondern macht sie innerhalb seines Textes auch im Gewande der Fiktion (in Mythos, Gedicht, Traum) sichtbar. So zeigt sich Nathanaels Augenangst in Szenen der dargestellten Wirklichkeit beim Brillenkauf (26,23–27,6), beim Kampf um Olimpia (36,6–21) und im nächtlichen Labor des Vaters (9,9–25), wobei es sich hier allerdings auch um einen Traum handeln könnte – dann wäre die Szene den fiktiven Kontexten wie dem Märchen der Amme (5,9–16) und Nathanaels Gedicht (22,20–23,5) zuzuordnen.

Schon dem Märchen vom Sandmann, das von der Mutter auf seine eigentliche Funktion zurückgeführt wird, nämlich kindgerecht auf die Müdigkeit der Kinder hinzuweisen, nimmt die Amme seinen Gleichnischarakter; der beruhigenden Aussage der Mutter: »Es gibt keinen Sandmann, mein liebes Kind«, widerspricht ihre furchterregende Feststellung: »Das ist ein böser Mann, der kommt zu den Kindern, wenn sie nicht zu Bett gehen wollen ...« (5,9 ff.). Mit der Androhung des Augenraubs wird das Gebot zu schlafen brutal verschärft. Das Bild der »blutig zum Kopf herausspringenden« Augen prägt sich dem Jungen ein und verbindet sich, da er die Sandmann-Gestalt im alten Coppelius verkörpert glaubt, zeitlebens mit dessen Erscheinung. Den Zusammenhang belegen die (tatsächlich erlebten oder im

Fieber geträumten) Ereignisse im nächtlichen Laboratorium, wo Coppelius dem Knaben am feurigen Alchemistenherd »ein schön Paar Kinderaugen« entreißen will; denn die aus »hellblinkenden Massen« modellierten »Menschengesichter« sind »ohne Augen«. In seinem Gedicht schildert Nathanael, wie Coppelius »Claras holde Augen« berührt, so daß sie aus ihren Höhlen springen und seine Brust versengen. Seine poetische Vision muß er dann beim Kampf um Olimpia verwirklicht sehen, deren blutverschmierte Glasaugen ihm Spalanzani an die Brust schleudert. Gerade diese Szene legt es nahe, den in allen Episoden dargestellten Verlust der Augen, an dem für Nathanael ursächlich der Sandmann = Coppelius = Coppola beteiligt ist, metaphorisch zu verstehen: Daß ihm Coppelius die Augen gestohlen habe, wie Spalanzani erregt behauptet, ist im eigentlichen Sinne der Worte nicht möglich, muß Nathanael doch mit eigenen Augen das schreckliche Ende der Geliebten verfolgen. Bereits die fiktive Clara seines Dichtwerks zeigt ihm an, daß es nicht ihre Augen sein könnten, die seine Brust entzündeten (»ich habe ja meine Augen«), vielmehr komme, was ihn verzehre, aus seinem Innern (»das waren ja glühende Tropfen deines eignen Herzbluts«; 22,34 ff.). Sein Herz schenkt Nathanael später Olimpia, und indem er seine Seele in ihre innere Leere versetzt, belebt er die mechanische Holzpuppe. Coppelius mußte als alchemistischer Experimentator an der Belebung der metallischen Homunculi scheitern, da ihm die dazu notwendige Seele fehlte. Nathanael bringt sie ein. Das von Coppola erstandene Perspektiv, das künstliche Auge, das die Wahrnehmung verrückt, liefert ihm die geeignete Projektionsfläche, auf die er sein Ich blendet; »nur in Olimpias Liebe«, sagt er, »finde ich mein Selbst wieder« (33,18 f.). Obwohl in Erregung ausgestoßen, erfaßt Spalanzanis elliptischer Satz (»die Augen dir gestohlen«) diese gelenkte Projektion doch recht genau; sie wird im gleichen Sinnbild wie die Seelenlosigkeit, die durch das Fehlen der Augen (»statt ihrer schwarze Höhlen«) symbolisiert wird, beschrieben – als Diebstahl der Augen.

Das Zusammenspiel von wörtlichen und übertragenen Bedeutungen, die mit dem Augen-Motiv konnotiert sind, wird nicht nur in der Sandmann-Mythe entfaltet, es vollzieht sich selbst in der Etymologie des Namens Coppelius/Coppola, der sowohl die Augenhöhle als auch den Schmelztiegel, in dem die Alchemisten Stoffe voneinander scheiden, zu assoziieren erlaubt (vgl. Anm. zu 7,10). Damit drängt sich der Gedanke an die nächtliche Laborszene auf, in der nach Claras Meinung »insgeheim alchymistische Versuche« durchgeführt wurden und sich Coppelius in der Tat als herrischer Kuppellateur gebärdet, als »Meister« der Scheidekunst, der Zusammengehörendes voneinander trennt (wie die Extremitäten des Jungen von seinem Körper) und Verschiedenartiges miteinander verbindet (wie das organische Auge mit den anorganischen Metallen). Sein Bemühen, »den Mechanismus der Hände und Füße recht [zu] observieren« (was nach Freud »ein neues Äquivalent der Kastration ins Spiel« bringt und auf Nathanaels Identität mit Olimpia vorausweist; s. Kap. III/2), erinnert an die Untersuchungen des französischen Anatoms und Philosophen Julien Offray de La Mettrie, der den Menschen als rein materielles Wesen darstellte (*L'homme machine*, 1748), das nach den Gesetzen der Mechanik funktioniere. Der vergebliche Umbau der Extremitäten (»'s gut so wie es war!«) unterstreicht die Hoffmannsche Kritik an der Ansicht des aufgeklärten Materialismus, den Menschen mit der damals fortschrittlichsten Wissenschaft, der Mechanik, wesentlich erfassen zu können.

Coppelius' Ausruf »Augen her!« ist exemplarisch die semantische Aufschichtung zu entnehmen, die das zentrale Motiv bei Hoffmann erfährt: Als chemischer Terminus technicus gibt ›Auge‹ ein Phänomen des metallurgischen Prozesses wieder, das als »Erzauge« im Grimmschen *Wörterbuch der deutschen Sprache* verzeichnet ist; als Ingredienzien für die Rezeptur bestimmter Zaubermittel (z. B. Freikugeln) sind Augen der Schwarzen Magie unverzichtbar; und im metaphorischen Sinn stehen sie für die Seele, die sich in ihnen spiegelt. (Darüber hinaus finden die »schwarzen Höhlen«, die Nathanael an den vermeintlichen »Menschengesichtern« bemerkt, ein szenisches Korrelat in der »schwarzen Höhlung«, in der der Herd untergebracht ist.) Für Nathanael ist die Lust des Coppelius auf Augen zwar schauervoll, aber einleuchtend: er sieht in ihm den »verruchten Satan«, der den Schöpfer der Welt »den Alten« nennt und dem zur Vervollkommnung einer Gegenwelt die Seele fehlt, der göttliche Teil des Menschen. Weshalb der Teufel, wie spätmittelalterliche Volksbücher lehren, ja auch ständig um eine solche bemüht ist.

Von Berufs wegen hat der Optiker Coppola mit Augen zu tun; und so preist er seine Brillen in indirekter Rede als »sköne Oke« an. Durch diese Metonymie (vgl. Anm. zu 26,29 f.) bereitet er das panische Entsetzen vor, das die auf dem Tisch ausgebreiteten optischen Geräte bei Nathanael auslösen, sieht er sich doch von isolierten, beweglichen und »flammenden« Augen bedrängt. Um seine übertrieben schreckhafte Reaktion »wieder gut zu machen« und sich (»an Clara denkend«) als vernünftig zu beweisen, kauft er ein »Taschenperspektiv«, mit dem er Olimpia genauer ins Auge faßt – metaphorisch: in sein Herz schließt. Als ihm auf der Galerie seine Braut Clara wie zuvor Olimpia vor Coppolas Fernrohr gerät, erlebt er einen »furchtbaren Anklang an die Vergangenheit«, d. h. an Olimpias grausame Zerstörung, die aufgrund seiner narzißtischen Liebe einer Selbstzerstörung glich; der dadurch erneut ausbrechende Wahnsinn treibt ihn in den Selbstmord. Mit seinen letzten Worten beim Sturz über das Geländer wiederholt er, Coppelius auf dem Markt erblickend, das seltsame Idiom des Deutsch radebrechenden Piemontesers Coppola: »Sköne Oke«. So präsentiert sich zuletzt das Augenmotiv, das die entscheidenden Stationen seines Lebenswegs markiert, in sprachlicher Deformation, ebenso verzerrt wie die Wahrnehmung des »jungen Studenten Nathanael«, der mit ihrer Störung zuerst seine Kommunikationsfähigkeit, dann seine psychische Gesundheit und schließlich sein Leben verliert.

Parzellen des Motivfeldes ›Auge‹

Augen als Sinnesorgan: die müden Augen der Kinder zur Schlafenszeit; Nathanaels beobachtende Augen; Claras sehende Augen (in Nathanaels Gedicht); die Bedeutungsnuance ›Augenhöhle‹ im Namen »Coppelius/Coppola«.

Augen als Ausdruck von Gefühlen (Blicke): Coppelius' stechende Augen; Claras tiefe, holdlächelnde Augen; die toten Augen Claras (im Gedicht); Olimpias »himmlische Augen« / »Liebesblick«; die im Wahnsinn rollenden Augen Nathanaels.

Künstliche Augen (optische Geräte): Brillen (Lorgnetten), Perspektive, Olimpias gläserne Augen.

Augen als Metaphern für ähnliche oder verwandte Gegenstände: Coppolas »Oken« (für Brillen); die Erzaugen der Metallurgie; die Höhle, in der der Alchemistenherd steht; die Bedeutungsnuance ›Schmelztiegel‹ im Namen »Coppelius«.

Augen als Symbol: für Klarsicht (dagegen »Geisterseher«); für eine gestörte Wahrnehmung (die ›verdorbenen‹ Augen); für Genußentzug, Liebesverlust oder Kastration (die aus ihren Höhlen springenden Augen, die Blendung); für die Seele (»Menschengesichter« ohne Augen; die Belebung Olimpias; der Diebstahl der Augen).

Von Anfang an sucht Nathanael sich die traumatische Sandmann-Gestalt in Wort und Bild zu vergegenwärtigen. Das von den Eltern auferlegte Sehverbot, das ihn als Student erneut trifft, da verhängte Fenster den visuellen, fast schon voyeuristischen Kontakt mit Olimpia verhindern, kompensiert er, indem er sein »inneres Auge« gebraucht, d. h. »den fabelhaften Sandmann« in seiner Phantasie ausmalt. Und nach seiner Begegnung mit Coppola setzt er die wieder ins Bewußtsein gerufenen Kindheitserlebnisse im Medium der Poesie um. Clara vermögen seine Elaborate allerdings nicht zu begeistern; sie hält sie in Übereinstimmung mit dem befreundeten Erzähler für äußerst langweilig. Als sie sein langes Gedicht über die Zerstörung ihres »Liebesglücks« durch Coppelius mit einer Klimax des Sinnlosen als »tolles – unsinniges – wahnsinniges Märchen« abkanzelt, beschimpft er sie als »lebloses, verdammtes Automat« (24,2 ff.), belegt also seine lebhafte Braut mit dem Gattungsnamen der leblosen Olimpia. Sein narzißtischer Blick übersieht deren hölzern-mechanische Substanz und ermöglicht ihm zu begehren, was er, wie die Verbalinjurie zeigt, mit der er Clara bedenkt, eigentlich als gefühlskalt ablehnt. Von der Automaten-Frau weiß er sich ganz verstanden, ja beim Vortrag gewinnt er den Eindruck, »als habe Olimpia über seine Werke, über seine Dichtergabe überhaupt recht tief aus seinem Innern gesprochen« (34,24 f.). Diese »herrliche Zuhörerin« verfügt selbst nur über einen recht bescheidenen Wortschatz; außer der Abschiedsformel »Gute Nacht, mein Lieber!« artikuliert sie nur die gefühlshaltige Interjektion »Ach!«. Nathanael jedoch bezeichnet die kurzsinnigen Automatenlaute als »Hieroglyphe«. Damit greift er einen Schlüsselbegriff romantischer Welterfassung auf, der in ästhetischen Schriften von Novalis bis Eichendorff belegbar ist. Aber weder sind Olimpias Wörter heilige, geheime Zeichen, durch die sich der innere Zusammenhang der Welt erschließt, noch fühlt sich Nathanael beim Schreiben von einem Bild in seinem Innern »recht entzündet« (III,55), vielmehr muß er die bleichen Gestalten seiner Phantasie nachfärben und ihnen mit starren metrischen Regeln poetische Konturen verleihen. Und vor allem: seine Dichtung, die formal an bevorzugten Gattungen der Romantik ausgerichtet ist, geht über die Reproduktion seines Ich nicht hinaus. Eine Variante des Augenmotivs, nämlich das Perspektiv, das die Sehkraft technisch verstärkt, aber auch, wie Goethe moniert (s. Kap. IV/2), das natürliche Sehen verfälscht, gibt darüber Auskunft, wo ein Künstler wie Nathanael geistesgeschichtlich anzusiedeln ist. Clemens Brentano hat in seinem frühen Roman *Godwi oder das steinerne Bild der Mutter* (1801) die subjektive Vermittlung der Welt (»alles, was zwischen unserm Auge und einem entfernten zu Sehenden als Mittler steht, uns den entfernten Gegenstand nähert, ihm aber zugleich etwas von dem Seinigen mitgiebt«) als »romantisch« definiert; »das Romantische ist also ein Perspectiv oder vielmehr die Farbe des Glases und die Bestimmung des Gegenstandes durch die Form des Glases« (S. 258 f.). Hoffmann übersetzt die abstrakte Äußerung in ein Erzählgeschehen, und indem er seinen Künstler-Helden mit verheerenden Folgen durch das Perspektiv schauen läßt, zeigt er die Gefahren auf, die ein übersteigerter Subjektivismus, der sich die Welt genialisch bildet und die tote Materie im poetischen Akt belebt, mit sich bringt. Statt die Dinge lebendig zu durchdringen, verliert der forcierte Romantiker sie aus den Augen und droht hoffnungslos in sich selbst zu versinken. Nathanael, im Kerker seiner Obsessionen eingeschlossen, muß die Rückbindung an die Realität preisgeben und handelt damit – als Dichter – jener »Duplizität« des Daseins zuwider, die auf den notwendigen Zusammenhang von Innen- und Außenwelt abhebt und deren Beachtung Hoffmann als unabdingbar für das künstlerische Schaffen ansieht.

III. Dokumente zur Wirkungsgeschichte

1. Zeitgenössische Kritik

Zwei Besprechungen aus dem Jahr 1817, die sich dem ersten Teil der *Nachtstücke* widmen und exemplarisch dafür den *Sandmann* nehmen, kommen zu unterschiedlichen Bewertungen. Während der Rezensent des *Oppositions-Blatts* Hoffmann poetische »Meisterschaft« bescheinigt und mit dem Begriff »Capriccio« eine Gattung bzw. Stilhaltung namhaft macht, die Hoffmanns künstlerische Absichten gut erfaßt, disqualifiziert der Kritiker der *Allgemeinen Literatur-Zeitung* den *Sandmann* als »ein schauderhaftes Nachtstück«, bei dessen Ausführung »der gräßliche Ernst die Grenze der Dichtung« überschritten habe.

»Wir möchten die meisten dieser Nachtstücke den Zeichnungen eines genialen Künstlers vergleichen, der eine Welt wunderbarer Gestalten in sich trägt, und nur Einzelne derselben im Spiel und Ernst, auf das Papier wirft. Alles in großen, kecken, sichern Umrissen, welche die Meisterschaft beurkunden; aber schnell zieht er dann in augenblicklicher Laune einen muthwilligen Querstrich, oder läßt am vollendetsten Gebilde einen Arm oder Fuß weg, unbekümmert um den Eindruck solcher Dissonanzen auf zarte, tiefbewegte Gemüther. Unter den Erzählungen dieses ersten Theils, würden wir dem schauerlichen *Sandmann* den Vorzug geben, wenn nicht gerade hier der Schalksgeist, den die Maler *Capriccio* nennen, am häufigsten sein Spiel getrieben hätte. Das Scheinleben des Automats mit den starren Augen übt eine Gewalt auf den Leser, wie kaum die furchtbarste Geistererscheinung, allein den Verf. übermannt bisweilen die Lust zu necken; plötzlich wendet er das Bild, welches den Kopf eines mannhaften, mit Schlachtnarben bezeichneten Ritters geschienen, von Unten nach Oben, und ein hohläugiger Todtenschädel grinzt dem Beschauer gräßlich entgegen.«

N. N.: Oppositions-Blatt oder Weimarische Zeitung, Nr. 134. 7. Juni 1817. Sp. 1070 f.

»*Der Sandmann*; ein schauderhaftes Nachtstück. Die Schwärmerey und Geisterfurcht endet hier in selbstvernichtender Verrückung. Wenn solche Geisterseherey ansteckend ist, so sollte man daher ja wohl den Geistesschwachen und Ueberreizbaren des Vfs. Schriften aus den Händen reißen. Hier überschreitet der gräßliche Ernst die Grenze der Dichtung, und einige ironische Blicke [. . .] können die schauerlichen Farben nicht dämpfen die der Vf. aufgetragen hat. Neu und fürchterlich ist die Situation auf dem Thurme, man betrachtet sie mit dem schauerlichen Gelüst, das einem auf so hohen Orten leicht befällt, sich durch den unermeßlichen Raum zu stürzen. Aber es ließe sich fragen: darf der *Dichter* seine Menschen schaffen, um sie zu *vernichten*? Wo aber keine höhere Ansicht über die vernichtete Hoheit des Menschen tröstet, und wie hier, der durch Phantasie Gefallene von der Phantasie dem nüchternen Verstande zum kalten Bedauern überlassen wird, da scheint uns vielmehr eine *unreine* Vermischung, als ein poetisches Ineinanderspielen der Phantasie und Wirklichkeit vorgegangen zu seyn.«

N. N.: Allgemeine Literatur-Zeitung, Nr. 179. Juli 1817. Sp. 597 f.

Heinrich Voss (1779–1822), der Sohn des Homer-Übersetzers Johann Heinrich Voß, sieht im *Sandmann* »eine der geistreichsten Erzählungen unserer Zeit«; anders als Freud (s. Kap. III/2) glaubt er in »Olympias« Gestaltung »das Maß alles Unheimlichen« erfüllt. In einem Brief an Christian von Truchseß vom März 1821 heißt es:

»Über Hoffmann könnten wir leicht einerlei Meinung sein. Sein Genie kann nur von Genielosen verkannt, von Absprechern geläugnet werden. Einige seiner Erzählungen tragen den Stempel der Lieblichkeit wenigstens stellenweis; die meisten seiner Produkte sind, bei aller Anziehungskraft, zurückstoßend und schaudervoll. Hoffmann entfernt sich ganz von der Natur, und tritt in das Reich der Fratzenhaftigkeit ein. Dies Fratzenhafte ins Leben zu rufen, und mit dem Alltäglichen zu verbinden, daß es mit diesem wie

Hand in Hand brüderlich fortwandelt, hier hat Hoffmann ein wunderbar großes Talent, und mir ist manchmal, als hausen im Abgrunde seiner Seele ganze Legionen neckischer Teufel, die seine Phantasie mit all diesen wunderlichen Eingebungen erfüllen. [...] Vor allen möcht' ich den *Sandmann* nennen, eine der geistreichsten Erzählungen unserer Zeit, wenn dieser nicht wiederum in Schauer und Entsetzen sich umtriebe. Es ist wol nicht möglich, einen sinnreicheren Gebrauch von der Idee des Sandmanns zu machen, als hier geschehen ist. Der Tubus des Coppelius ist der Sand, der dem armen Nathaniel in die Augen gestreut wird, und ihm statt der Wirklichkeit ein Traumbild giebt, welche er für Wirklichkeit nimmt. Die Liebesglut, welche aus dem todtstarren Auge der Olympia durch den verteufelten Tubus in Nathanaels Seele dringt, hat für mich etwas Fürchterliches, und in der Olympia finde ich das Maß alles Unheimlichen übervoll gemessen. Mit einer Automatin tanzen, während des Tanzes vor ihrer rhythmischen Fertigkeit eben so zurückschaudern, wie vor der Kälte ihrer Finger, dann von ihr umschlungen werden, und an die kalten Lippen gedrückt – solches kann nur des Sandmanns Wirkung sein, der ein viel schrecklicherer Bruder des Schlafes ist, als der Tod. Die Poesie sollte uns billig mit Gott und der Natur und unserm Innern versöhnen, nicht mit Wesen befreunden, die Gott noch vor der Schöpfung aus seiner schönen Welt verstoßen hat.«

Briefe von Heinrich Voß, herausgegeben von Abraham Voß. Bd. 2. Heidelberg: Winter, 1834. S. 93, 96 f.

Als typisch für das Unverständnis, auf das *Der Sandmann* im 19. Jahrhundert in Deutschland stieß, können die ausführlichen Bemerkungen von Konrad Schwenck (1823) gelten. Der Erzählung gehe der einzig mögliche Sinn, den er ihr zubilligen könne, nämlich die Verstrickung und Vernichtung eines »reizbare[n] Gemüth[s] durch das Einwirken eines ihm feindlichen« aufzuzeigen, wegen der unzureichenden Darstellung völlig ab. So erscheint Schwenck das

Ganze zusammenhanglos, »durchaus nicht motivirt« und das schreckliche Ende ohne »eine wahrhaft begründete« Ursache.

»Die erste [Erzählung] ist der *Sandmann*. Student Nathanael ist der Held der Erzählung, der in seiner Kindheit mit seinen Geschwistern oft Abends zu Bette getrieben wurde, unter dem Bedeuten, der Sandmann komme. Er hörte dann wirklich jemand die Treppe herauftappen, und versteckt sich aus Neugierde eines Abends im Zimmer, um den Sandmann zu sehen, welches der Advocat Coppelius, grau gekleidet, mit widerlichem Gesicht ist, der, zuweilen mitessend, den Kindern sich gram und freudestörend bewies. Es treibt derselbe mit seinem Vater Goldmacherkünste, was aber schwül auf dem Hause lastet und bei einem verunglückten Experiment den Vater durch die Explosion tödtet. Coppelius verschwindet, Nathanael bezieht die Universität, wo ihm ein italienischer Wetterglashändler aufstößt, in welchem er jenen erkennt, sich jedoch darüber täuschen läßt. Derselbe verbindet sich mit dem italienischen Professor der Naturwissenschaft zu Nathanaels Untergang; es wird eingerichtet, daß dieser dem Professor gegenüber zu wohnen kommt und dessen angebliche Tochter, ein kunstreiches Automat, im Zimmer, in das er schauen kann, mit starren Augen dasitzend, erblickt. Leidenschaftliche Liebe ergreift ihn und er vergißt seine Braut Clara, wird zum Tanzthee des Professors eingeladen, wo die Automattochter zum ersten Mal erscheint, von der Gesellschaft für steif gehalten, von Nathanael mit Liebe bestürmt und von nun an besucht wird, ohne daß er die Täuschung merkt. Eines Tags aber streitet Coppelius mit dem Professor um das Automat, und Nathanael, dazu kommend, lernt sein Holzpüppchen kennen und verfällt in Raserei. Geheilt, will er sich mit Clara, seiner ehemaligen Braut, verbinden; eine Aussicht von einem Thurme, auf den er mit ihr gestiegen war und wo er den Coppelius kommen sieht, weckt die Tollheit, und er will die Braut hinabstürzen, die noch durch ihren Bruder befreit wird, wogegen er sich nun, unter Coppelius Lachen, über die Galerie stürzt. – Wo soll nun das Schreckhafte, Geisterartige in dieser Erzählung liegen? Das Einzige, was einen Sinn in diese Darstellung brächte, wäre, daß sich die Anschauung daraus ergäbe, wie ein reizbares Gemüth durch das Einwirken eines ihm feindlichen nach und nach könne verstrickt und zu Grunde gerichtet werden. Hier ist aber die Darstellung so ungeschickt und trotz aller groben Pinselstriche so matt, daß kein Interesse, kein Leben sichtbar ist. Denn eine solche Anwendung eines Automats vermag nicht die Wirkung hervorzubringen. Um sich in dasselbe zu verlieben und längere Zeit in seiner Gesellschaft getäuscht zu leben, muß (jedem drängt sich dies Gefühl auf) schon ein Grad von Verrücktheit stattfinden, der für's Irrenhaus, nicht für die Poesie paßt. Hätte dieser Wahnsinn schon in früherer Leidenschaft und der durch sie bewirkten Zerrüttung seinen Grund, so stünde die Sache ganz anders; hier muß er bloß des Coppelius Einwirkung zugeschrieben werden, die sich aber nicht erklären, gar nicht in diesem Grade denken läßt. Und warum verfolgt denn dieser Mensch den reizbaren Nathanael? Aus bloßer Idiosynkrasie [Abneigung]? Kurz, der Wahnsinn des Studenten, die Wirkung des Wetterglashändlers, die Liebe zu dem Automaten sind durchaus nicht motivirt; die letztere drängt sich als lächerlich und unglaublich zugleich auf. Kurz, es fliegen hier einige Fratzen dem Auge vorüber, ohne daß sich eine Bedeutung ergäbe, die durchaus in Nathanaels Gemüth tief begründet erscheinen müßte, nicht aber als bloße Kränklichkeit, die nur medicinisches Mitleid erweckt, und eine scheusliche Beleidigung des Gefühls durch die Rohheit des Advocaten, einen nervenschwachen Menschen zum Narren zu machen, mit sich führt. Denn daß derselbe hier etwas mit seinem widerlichen Gesicht in's Dunkel gestellt wird, fast als gebiete er über dunkle Naturkräfte, kann nichts motiviren, da dergleichen eine leere Erfindung wäre, was der Dichter auch selbst mag gefühlt haben, wenn er sagt: ›Gibt es geheimnißvolle, thätige Kräfte, die mit bedrohlichen Angriffen auf uns zutreten, so kann uns dagegen nur irgend eine Abnormität im geistigen Organism Kraft und Muth zum sieghaften Widerstande rauben, mit einem Wort, nur geistige Krankheit. Die Sünde macht uns unterthan dem dämonischen Princip.‹ [I,478] Auch er kann keineswegs an unbedingte Herrschaft eines geistigen Princips über das andre glauben, sondern will vielmehr annehmen, daß irgend eine Abhängigkeit, Schwäche des innern Willens oder eine Wechselwirkung stattfinden müsse, die jener Herrschaft Raum gibt. Aus welchem Gesichtspuncte man daher auch Coppelius Verhältniß zu Nathanael betrachten mag, nirgends zeigt sich eine wahrhaft begründete Einwirkung, die so Schreckliches hervorbringen könnte.«

[Konrad Schwenck:] Ueber E. T. W. Hoffmann's Schriften. In: Hermes oder kritisches Jahrbuch der Literatur. Drittes Stück für das Jahr 1823. S. 108 ff.

In seinem Artikel *On the Supernatural in Fictitious Composition* setzt sich Walter Scott (1771–1832) gründlich mit Hoffmanns *Nachtstücken* auseinander; während er *Das Majorat* positiv einschätzt, steht er dem *Sandmann* im wesentlichen ablehnend gegenüber. Wegen der immensen Bedeutung, die seiner oft erwähnten, aber selten wörtlich zitierten Darstellung für die Rezeption des Hoffmannschen Werks vor allem im Ausland zukommt, werden hier Auszüge aus seiner *Sandmann*-Kritik im Wortlaut wiedergegeben:

»Hoffmann has in some measure identified himself with the ingenious artist upon whom we have just passed a censure by his title of ›Night Pieces *after the manner of Callot*‹, and in order to write such a tale, for example, as that called ›the Sandman‹, he must have been deep in the mysteries of that fanciful artist, with whom he might certainly boast a kindred spirit. We have given an instance of a tale [*Das Majorat*] in which the wonderful is, in our opinion, happily introduced, because it is connected with and applied to human interest und human feeling, and illustrates with no ordinary force the elevation to which circumstances may raise the power and dignity of the human mind. The following narrative [*Der Sandmann*] is of a different class:

›half horror and half whim,
Like fiends in glee, ridiculously grim.‹«

Zum Abschluß der deutenden Nacherzählung der Geschichte hebt der Aufklärer Scott die Figur Claras voller Anerkennung hervor und läßt dann ein allgemeines Urteil über Hoffmanns Erzählungen folgen, die sich im Grunde vernünftiger Kritik entzögen:

»It is impossible to subject tales of this nature to criticism. They are not the visions of a poetical mind, they have scarcely even the seeming authenticity which the hallucinations of lunacy convey to the patient; they are the feverish dreams of a lightheaded patient, to which, though they may sometimes excite by their peculiarity, or surprise bey their oddity, we never feel disposed to yield more than momentary attention. In fact, the inspirations of Hoffmann so often resemble the ideas produced by the immoderate use of opium, that we cannot help considering his case one requiring the assistance of medicine rather than of criticism; and while we acknowledge that with a steadier command of his imagination he might have been an author of the first distinction, yet situated as he was, and indulging the diseased state of his own system, he appears to have been subject to that undue vividness of thought and perception of which the celebrated Nicolai became at once the victim and the conqueror. Phlebotomy and cathartics, joined to sound philosophy and deliberate observation, might, as in the case of that celebrated philosopher, have brought to a healthy state a mind which we cannot help regarding as diseased, and his imagination soaring with an equal and steady flight might have reached the highest pitch of the poetical profession. [. . .] Hoffman died at Berlin, upon the 25th June, 1822, leaving the reputation of a remarkable man, whose temperament and health alone prevented his arriving at a great height of reputation, and whose works as they now exist ought to be considered less as models for imitation than as affording a warning how the most fertile fancy may be exhausted by the lavish prodigality of its possessor.«

Walter Scott: On the Supernatural in Fictitious Composition; and particulary on the Works of Ernest Theodore William Hoffmann. In: The Foreign Quarterly Review. Vol. I. London 1827. S. 94, 97 f.

Diese Schlußbemerkung nimmt GOETHE 1827 in seiner Rezension des Aufsatzes auf und verstärkt ihren kritischen Tenor in seiner Übersetzung derart, daß Hoffmann und sein Werk in den Bereich des Pathologischen gerückt werden. Die *Nachtstücke* jedenfalls sind in Deutschland bis weit ins 20. Jahrhundert hinein kaum beachtet worden.

»Vor allen Dingen berührt uns, wie in dieser Zeitschrift die sittlich-ästhetischen Bemühungen der Deutschen aufgenommen und angesehen sind. Der Referent dieses Faches ist ein merkwürdiger Mann, dem wir noch gar manche Aufklärung über uns selbst und andere verdanken werden. In dem ersten Aufsatz, überschrieben: *On the Supernatural in Fictitious Composition*, welches wir übersetzen möchten: *Das Übernatürliche in fabelhaften Erzählungen*, hat er von den Werken unseres *Hoffmann* den Anlaß genommen, seine Gedanken auszusprechen. Statt aller Definition und Erklärung trägt er eine kurze Geschichte vor, wodurch das Natürlich-Wahre des Ahnungsvollen und Schauderhaften vor den Geist gebracht wird; sodann zeigt er, wie von hier an die Einbildungskraft immer vorschreite, bis sie endlich, wenn sie keine höhere bändigende Kunst anerkennt, sich ganz und gar in's Falsche verliert, das Gräßliche, Schreckliche in's Unnatürliche und Unmögliche steigert und zuletzt ganz und gar Unerträgliches hervorbringt.
Der Verfasser dieses Aufsatzes hat eine eigene Art von Kritik; es ist dieselbe, welche das Tageslicht ausübt, indem es die Gegenstände aller Art mit einer heitern Gleichgültigkeit beleuchtet und sie eben dadurch jedem Urtheil offenbar vorlegt. Hoffmanns talentreiches Naturell weiß er anzuer-

kennen, er begleitet ihn durch alle krankhaften Verirrungen mit freundlichem Bedauern bis zu den krampfhaften Äußerungen eines vorzüglichen, auf den Tod gefolterten Wesens, wo er zuletzt auszurufen gedrungen ist: ›Wir müssen uns von diesen Rasereien lossagen, wenn wir nicht selbst toll werden wollen.‹

Hören wir ihn ferner: ›Es ist unmöglich, Mährchen dieser Art irgend einer Kritik zu unterwerfen; es sind nicht die Gesichte eines poetischen Geistes, sie haben kaum so viel scheinbaren Gehalt, als den Verrücktheiten eines Mondsüchtigen allenfalls zugestanden würde; es sind fieberhafte Träume eines leichtbeweglichen kranken Gehirns, denen wir, wenn sie uns gleich durch ihr Wunderliches manchmal aufregen oder durch ihr Seltsames überraschen, niemals mehr als eine augenblickliche Aufmerksamkeit widmen können. Fürwahr, die Begeisterungen Hoffmanns gleichen oft den Einbildungen, die ein unmäßiger Gebrauch des Opiums hervorbringt und welche mehr den Beistand des Arztes als des Kritikers fordern möchten. Und wenn wir auch anerkennen, daß der Autor, wenn er seiner Einbildungskraft ernster geboten hätte, ein Schriftsteller der ersten Bedeutung geworden wäre, so dürfte er doch, indem er dem kranken Zustand seines zerrütteten Wesens nachhängt, jener gränzenlosen Lebhaftigkeit der Gedanken und Auffassungen als anheim gegeben erscheinen, welche der berühmte *Nicolai*, nachdem er viel davon gelitten, doch endlich zu besiegen das Glück hatte. Blutentleerungen und sonstige Reinigungen, verbunden mit gesunder Philosophie und überlegter Beobachtung, würden unsern Hoffmann wie jenen bedeutenden Schriftsteller zu einem gesunden Geisteszustand wieder zurückgebracht haben, und seine Einbildungskraft, in einem gleichen und stetigen Flug sich bewegend, hätte vielleicht das höchste Ziel poetischer Kunst erreicht. – Seine Werke jedoch, wie sie gegenwärtig liegen, dürften nicht als Muster der Nachahmung aufzustellen sein, vielmehr als Warnungstafeln, die uns anschaulich machen, wie die fruchtbarste Einbildungskraft erschöpft werden

kann durch einen leichtsinnigen Verschwendungstrieb des Besitzers.‹
Wir können den reichen Inhalt dieses Artikels unsern Lesern nicht genugsam empfehlen: denn welcher treue, für Nationalbildung besorgte Theilnehmer hat nicht mit Trauer gesehen, daß die krankhaften Werke des leidenden Mannes lange Jahre in Deutschland wirksam gewesen und solche Verirrungen als bedeutend-fördernde Neuigkeiten gesunden Gemüthern eingeimpft worden.«

Goethes Werke. Hrsg. im Auftrage der Großherzogin Sophie von Sachsen. [Weimarer Ausgabe.] Abt. 1. Bd. 42,1. Weimar: Böhlau, 1904. S. 86–88.

Über die Entstehung des *Sandmanns* liegen, abgesehen von Hoffmanns eigenem Manuskriptvermerk: »d. 16. Novbr. 1815 Nachts 1 Uhr«, kaum konkrete Angaben vor. Um so mehr fällt der seltsame Bericht hierüber auf, den der Schriftsteller Friedrich de la Motte Fouqué (1777–1843) in seinen *Erinnerungen an E. T. A. Hoffmann* (1839) gibt. Der Autor der *Undine* ist nämlich der Meinung, daß er »selbst in seinen eigenthümlichsten Wendungen und Ansichten« darin »neckisch nachgebildet« sei. Das ist beim besten Willen am Text nicht nachzuweisen; dennoch ist die von Fouqué geschilderte Begebenheit für die damals intensiv geführte Diskussion um weibliche Verhaltensweisen in der gebildeten Gesellschaft aufschlußreich.

»Einstmal [wohl im März 1816] waren Hoffmann und ich auf dem Lande [in Nennhausen] mit einer anmutigen und geistreichen Frau für einige Tage zusammengetroffen, nach deren Abreise ein Theil der Gesellschaft, bei Anerkennung ihrer Vorzüge, das streng gemessene in ihrem Benehmen tadelte, wie auch das fast allzu taktmäßige ihres Gesanges. Ich erhob mich dagegen, behauptend, eben darin liege zum Theil mit die Eigenthümlichkeit ihres anziehenden Wesens, und überhaupt spreche daraus das Gehaltene einer ernstweiblichen Würde und Erhabenheit. Hoffmann hatte ei-

gentlich weder mir, noch den andern, entschieden beigestimmt, sondern eben nur einen oder den andern Witzfunken in das Gespräch hineingesprüht, nach seiner Weise bald den, bald jenen auf harmlos neckische Weise treffend.
Etwa nur ein Halbjahr später [Anfang August 1816, zur ersten Aufführung der *Undine*?] auf ein paar Tage in Berlin anwesend und Hoffmann besuchend, ward ich von ihm befragt, ob ich etwa allein zurückfahre nach Nennhausen. ›Ja wohl!‹ sprach ich. ›Können Sie mir etwa die Freude Ihrer Begleitung schenken? Man würde sich sehr an unserem Herde freuen, brächt' ich Sie mit.‹
Hoffmann wies die Einladung wegen gehäufter Arbeiten zurück: ›Aber‹ – setzte er freundlich hinzu – ›eine Art von Reisegesellschaft will ich ihnen dennoch mitgeben: – eine Novelle von mir, wenn auch einstweilen nur in Aushängebogen noch.‹ – Fouqué nahm's dankbarlich an, und begann unterweges alsbald die Lektüre.
›*Der Sandmann*‹ hieß dieses damals neueste Dichterwerk des genialen Kreisler. [. . .] Und in Briefen eines jungen Studirenden, Nathanael geheißen, begann die Geschichte.
Aber dem reisenden Leser oder dem lesenden Reisenden ward von dieser Korrespondenz mit jeder Seite derselben wundersamlicher zu Muth. Ihn wollte fast bedünken, das habe Freund Kreisler gar nicht geschrieben, sondern es habe schon irgend sonst wo gestanden in ganz einem andern Werke eines ganz andern Verfassers.
Daß es Hoffmann bisweilen begegne, sich selbst in gewissen Wendungen und Gestalten als Wiederhall nachzuhallen, war damals schon oftmal bemerkt und ausgesprochen worden, und Fouqué konnte es nicht in Abrede stellen. Aber die Nachbildung irgend eines andern Schriftstellers? – Davon konnte bei Hoffmanns Identität nie auch nur entfernt die Rede seyn. Was wollten denn nur jetzt diese durchaus für Hoffmann fremdartigen und doch zugleich mit sichtlicher Achtsamkeit geschriebenen Nathanaels Briefe?
Plötzlich fiel es dem Lesenden wie ein Band von den Augen. Er selbst war es, Fouqué selbst in seinen eigenthüm-

lichsten Wendungen und Ansichten, der sich hier neckisch nachgebildet sah, und zwar ganz vornämlich in allem, was er vor etwa einem Halbjahr in Bezug auf jene Diskussionen wegen der etwas förmlichen jungen Dame zu deren Vertheidigung vorgebracht hatte. Er mußte herzlich lachen, und rief nun mit dem wälschen Pfarrer Ehrn Hugo Mutz in Dippolds Übersetzung von Shakespears Lustigen Weibern zu Windsor aus:

›Das seynd sehr ehrliche Tschelmereien!‹

Er und Hoffmann haben sich nachher noch gar fröhlich über den wohlgelungenen Spaß ergötzt.«

E. T. A. Hoffmann in Aufzeichnungen seiner Freunde und Bekannten. Eine Sammlung von Friedrich Schnapp. München: Winkler, 1974. S. 335 f.

2. Die wissenschaftliche Rezeption

Es gibt kaum eine literaturwissenschaftliche Schule, die sich die Deutung des *Sandmann* hätte entgehen lassen. Wichtige Fragen, die Hoffmanns »Nachtstück« aufwirft: etwa die nach der Gestalt des Sandmanns Coppelius/Coppola, nach Claras Charakter, nach der Funktion der wechselnden Erzählperspektiven, nach den Motiven von Auge, Puppe und Wahnsinn und den verschiedenen Kontexten, an die sich die jeweiligen Textelemente anschließen lassen, wurden von unterschiedlichen methodischen Positionen aus zu beantworten gesucht. Da so Werkanalysen auf der Basis textimmanenter Phänomenologie mit solchen, die von einer poststrukturalen Texttheorie ausgehen, miteinander konkurrieren, geistes-, sozial- und kulturgeschichtliche Betrachtungen nebeneinanderstehen, tiefenpsychologische Ansätze mit rezeptionsästhetischen konfrontiert werden und ein auf Einzelheiten konzentrierter philologischer Positivismus von neohistoristischen Abschweifungen in die Vielfalt der Diskurse verdrängt wird, bietet die exemplarische Dokumentation der wissenschaftlichen Auseinandersetzung mit Hoffmanns Text zugleich einen Überblick über die methodologischen Möglichkeiten für seine Interpretation, die, von Freuds psychoanalytischer Studie abgesehen, im wesentlichen zwischen 1972 und 1992 entwickelt und erprobt wurden.

Für seine Studie über das Unheimliche (1919) wählt SIGMUND FREUD einen philologischen Ansatz, indem er die Bedeutungsgeschichte des Begriffs verfolgt, dabei stellt er fest, daß das Wort eine eigentümliche Ambivalenz auszeichnet: ursprünglich das Antonym zu heimlich, heimisch, vertraut, deckt es sich schließlich mit diesen Begriffen. »Unheimlich ist irgendwie eine Art von heimlich.« (S. 250) Um zu verdeutlichen, wodurch das Gefühl des Unheimlichen hervorgerufen wird, greift er dann im 2. Teil eine Bemerkung seines Kollegen E. Jentsch (*Zur Psychologie des Unheimlichen*, 1906) auf und erörtert sie an einer kommentierend-deutenden Nacherzählung von Hoffmanns Erzählung *Der Sandmann*:

»›Einer der sichersten Kunstgriffe, leicht unheimliche Wirkungen durch Erzählungen hervorzurufen‹, schreibt Jentsch, ›beruht nun darauf, daß man den Leser im Ungewissen darüber läßt, ob er in einer bestimmten Figur eine Person oder etwa einen Automaten vor sich habe, und zwar so, daß diese Unsicherheit nicht direkt in den Brennpunkt seiner Aufmerksamkeit tritt, damit er nicht veranlaßt werde, die Sache sofort zu untersuchen und klarzustellen, da hiedurch, wie gesagt, die besondere Gefühlswirkung leicht schwindet. E. T. A. Hoffmann hat in seinen Phantasiestücken dieses psychologische Manöver wiederholt mit Erfolg zur Geltung gebracht.‹
Diese gewiß richtige Bemerkung zielt vor allem auf die Erzählung ›Der Sandmann‹ in den *Nachtstücken* [...], aus welcher die Figur der Puppe Olimpia in den ersten Akt der Offenbachschen Oper *Hoffmanns Erzählungen* gelangt ist. Ich muß aber sagen – und ich hoffe, die meisten Leser der Geschichte werden mir beistimmen, – daß das Motiv der

belebt scheinenden Puppe Olimpia keineswegs das einzige ist, welches für die unvergleichlich unheimliche Wirkung der Erzählung verantwortlich gemacht werden muß, ja nicht einmal dasjenige, dem diese Wirkung in erster Linie zuzuschreiben wäre. Es kommt dieser Wirkung auch nicht zustatten, daß die Olimpia-Episode vom Dichter selbst eine leise Wendung ins Satirische erfährt und von ihm zum Spott auf die Liebesüberschätzung von seiten des jungen Mannes gebraucht wird. Im Mittelpunkt der Erzählung steht vielmehr ein anderes Moment, nach dem sie auch den Namen trägt und das an den entscheidenden Stellen immer wieder hervorgekehrt wird: das Motiv des *Sandmannes*, der den Kindern die Augen ausreißt. [Im folgenden (S. 251–253) erzählt Freud die Geschichte von Nathanaels Kindheitserinnerungen bis zu seinem schrecklichen Ende nach.]

Diese kurze Nacherzählung wird wohl keinen Zweifel darüber bestehen lassen, daß das Gefühl des Unheimlichen direkt an der Gestalt des Sandmannes, also an der Vorstellung, der Augen beraubt zu werden, haftet und daß eine intellektuelle Unsicherheit im Sinne von Jentsch mit dieser Wirkung nichts zu tun hat. Der Zweifel an der Beseeltheit, den wir bei der Puppe Olimpia gelten lassen mußten, kommt bei diesem stärkeren Beispiel des Unheimlichen überhaupt nicht in Betracht. Der Dichter erzeugt zwar in uns anfänglich eine Art von Unsicherheit, indem er uns, gewiß nicht ohne Absicht, zunächst nicht erraten läßt, ob er uns in die reale Welt oder in eine ihm beliebige phantastische Welt einführen wird. Er hat ja bekanntlich das Recht, das eine oder das andere zu tun, und wenn er z. B. eine Welt, in der Geister, Dämonen und Gespenster agieren, zum Schauplatz seiner Darstellungen gewählt hat, wie Shakespeare im *Hamlet*, *Macbeth* und in anderem Sinne im *Sturm* und im *Sommernachtstraum*, so müssen wir ihm darin nachgeben und diese Welt seiner Voraussetzung für die Dauer unserer Hingegebenheit wie eine Realität behandeln. Aber im Verlaufe der Hoffmannschen Erzählung schwindet dieser Zweifel, wir merken, daß der Dichter uns selbst durch die Brille oder das Perspektiv des dämonischen Optikers schauen lassen will, ja daß er vielleicht in höchsteigener Person durch solch ein Instrument geguckt hat. Der Schluß der Erzählung macht es ja klar, daß der Optiker Coppola wirklich der Advokat Coppelius und also auch der Sandmann ist.

Eine ›intellektuelle Unsicherheit‹ kommt hier nicht mehr in Frage: wir wissen jetzt, daß uns nicht die Phantasiegebilde eines Wahnsinnigen vorgeführt werden sollen, hinter denen wir in rationalistischer Überlegenheit den nüchternen Sachverhalt erkennen mögen, und – der Eindruck des Unheimlichen hat sich durch diese Aufklärung nicht im mindesten verringert. Eine intellektuelle Unsicherheit leistet uns also nichts für das Verständnis dieser unheimlichen Wirkung.

Hingegen mahnt uns die psychoanalytische Erfahrung daran, daß es eine schreckliche Kinderangst ist, die Augen zu beschädigen oder zu verlieren. Vielen Erwachsenen ist diese Ängstlichkeit verblieben, und sie fürchten keine andere Organverletzung so sehr wie die des Auges. Ist man doch auch gewohnt zu sagen, daß man etwas behüten werde wie seinen Augapfel. Das Studium der Träume, der Phantasien und Mythen hat uns dann gelehrt, daß die Angst um die Augen, die Angst zu erblinden, häufig genug ein Ersatz für die Kastrationsangst ist. Auch die Selbstblendung des mythischen Verbrechers Ödipus ist nur eine Ermäßigung für die Strafe der Kastration, die ihm nach der Regel der Talion allein angemessen wäre. Man mag es versuchen, in rationalistischer Denkweise die Zurückführung der Augenangst auf die Kastrationsangst abzulehnen; man findet es begreiflich, daß ein so kostbares Organ wie das Auge von einer entsprechend großen Angst bewacht wird, ja man kann weitergehend behaupten, daß kein tieferes Geheimnis und keine andere Bedeutung sich hinter der Kastrationsangst verberge. Aber man wird damit doch nicht der Ersatzbeziehung gerecht, die sich in Traum, Phantasie und Mythus zwischen Auge und männlichem Glied kundgibt, und kann dem Eindruck nicht widersprechen, daß ein besonders starkes und dunkles Gefühl sich gerade gegen die Drohung, das Geschlechtsglied einzubüßen erhebt, und daß dieses Gefühl erst der Vorstellung vom Verlust anderer Organe den Nachhall verleiht. Jeder weitere Zweifel schwindet dann, wenn man aus den Analysen an Neurotikern die Details des ›Kastrationskomplexes‹ erfahren und dessen großartige Rolle in ihrem Seelenleben zur Kenntnis genommen hat.

Auch würde ich keinem Gegner der psychoanalytischen Auffassung raten, sich für die Behauptung, die Augenangst sei etwas vom Kastrationskomplex Unabhängiges, gerade auf die Hoffmannsche Erzählung vom *›Sandmann‹* zu berufen. Denn warum ist die Augenangst hier mit dem Tode des Vaters in innigste Beziehung gebracht? Warum tritt der Sandmann jedesmal als Störer der Liebe auf? Er entzweit den unglücklichen Studenten mit seiner Braut und ihrem Bruder, der sein bester Freund ist, er vernichtet sein zweites Liebesobjekt, die schöne Puppe Olimpia, und zwingt ihn selbst zum Selbstmord, wie er unmittelbar vor der beglükkenden Vereinigung mit seiner wiedergewonnenen Clara steht. Diese sowie viele andere Züge der Erzählung erscheinen willkürlich und bedeutungslos, wenn man die Beziehung der Augenangst zur Kastration ablehnt, und werden sinnreich, sowie man für den Sandmann den gefürchteten Vater einsetzt, von dem man die Kastration erwartet.* Wir

* In der Tat hat die Phantasiebearbeitung des Dichters die Elemente des Stoffes nicht so wild herumgewirbelt, daß man ihre ursprüngliche Anordnung nicht wiederherstellen könnte. In der Kindergeschichte stellen der Vater und Coppelius die durch Ambivalenz in zwei Gegensätze zerlegte Vater-Imago dar; der eine droht mit der Blendung (Kastration), der andere, der gute Vater, bittet die Augen des Kindes frei. Das von der Verdrängung am stärksten betroffene Stück des Komplexes, der Todeswunsch gegen den bösen Vater, findet seine Darstellung in dem Tod des guten Vaters, der dem Coppelius zur Last gelegt wird. Diesem Väterpaar entsprechen in der späteren Lebensgeschichte des Studenten der Professor Spalanzani und der Optiker Coppola, der Professor an sich eine Figur der Vaterreihe, Coppola als identisch mit dem Advokaten Coppelius erkannt. Wie sie damals zusammen am geheimnisvollen Herd arbeiteten, so haben sie nun gemeinsam die Puppe Olimpia ver-

würden es also wagen, das Unheimliche des Sandmannes auf die Angst des kindlichen Kastrationskomplexes zurückzuführen. Sowie aber die Idee auftaucht, ein solches infantiles Moment für die Entstehung des unheimlichen Gefühls in Anspruch zu nehmen, werden wir auch zum Versuch getrieben, dieselbe Ableitung für andere Beispiele des Unheimlichen in Betracht zu ziehen. Im Sandmann findet sich noch das Motiv der belebt scheinenden Puppe, das Jentsch hervorgehoben hat. Nach diesem Autor ist es eine besonders günstige Bedingung für die Erzeugung unheimlicher

fertigt; der Professor heißt auch der Vater Olimpias. Durch diese zweimalige Gemeinsamkeit verraten sie sich als Spaltungen der Vater-Imago, d. h. sowohl der Mechaniker als auch der Optiker sind der Vater der Olimpia wie des Nathaniel. In der Schreckensszene der Kinderzeit hatte Coppelius, nachdem er auf die Blendung des Kleinen verzichtet, ihm probeweise Arme und Beine abgeschraubt, also wie ein Mechaniker an einer Puppe an ihm gearbeitet. Dieser sonderbare Zug, der ganz aus dem Rahmen der Sandmannvorstellung heraustritt, bringt ein neues Äquivalent der Kastration ins Spiel; er weist aber auch auf die innere Identität des Coppelius mit seinem späteren Widerpart, dem Mechaniker Spalanzani, hin und bereitet uns für die Deutung der Olimpia vor. Diese automatische Puppe kann nichts anderes sein als die Materialisation von Nathaniels femininer Einstellung zu seinem Vater in früher Kindheit. Ihre Väter – Spalanzani und Coppola – sind ja nur neue Auflagen, Reinkarnationen von Nathaniels Väterpaar; die sonst unverständliche Angabe des Spalanzani, daß der Optiker dem Nathaniel die Augen gestohlen [...], um sie der Puppe einzusetzen, gewinnt so als Beweis für die Identität von Olimpia und Nathaniel ihre Bedeutung. Olimpia ist sozusagen ein von Nathaniel losgelöster Komplex, der ihm als Person entgegentritt; die Beherrschung durch diesen Komplex findet in der unsinnig zwanghaften Liebe zur Olimpia ihren Ausdruck. Wir haben das Recht, diese Liebe eine narzißtische zu heißen, und verstehen, daß der ihr Verfallene sich dem realen Liebesobjekt entfremdet. Wie psychologisch richtig es aber ist, daß der durch den Kastrationskomplex an den Vater fixierte Jüngling der Liebe zum Weibe unfähig wird, zeigen zahlreiche Krankenanalysen, deren Inhalt zwar weniger phantastisch, aber kaum minder traurig ist als die Geschichte des Studenten Nathaniel.

E. T. A. Hoffmann war das Kind einer unglücklichen Ehe. Als er drei Jahre war, trennte sich der Vater von seiner kleinen Familie und lebte nie wieder mit ihr vereint. Nach den Belegen, die E. Grisebach in der biographischen Einleitung zu Hoffmanns Werken beibringt, war die Beziehung zum Vater immer eine der wundesten Stellen in des Dichters Gefühlsleben.

Gefühle, wenn eine intellektuelle Unsicherheit geweckt wird, ob etwas belebt oder leblos sei, und wenn das Leblose die Ähnlichkeit mit dem Lebenden zu weit treibt. Natürlich sind wir aber gerade mit den Puppen vom Kindlichen nicht weit entfernt. Wir erinnern uns, daß das Kind im frühen Alter des Spielens überhaupt nicht scharf zwischen Belebtem und Leblosem unterscheidet und daß es besonders gern seine Puppe wie ein lebendes Wesen behandelt. Ja, man hört gelegentlich von einer Patientin erzählen, sie habe noch im Alter von acht Jahren die Überzeugung gehabt, wenn sie ihre Puppen auf eine gewisse Art, möglichst eindringlich, anschauen würde, müßten diese lebendig werden. Das infantile Moment ist also auch hier leicht nachzuweisen; aber merkwürdig, im Falle des Sandmannes handelte es sich um die Erweckung einer alten Kinderangst, bei der lebenden Puppe ist von Angst keine Rede, das Kind hat sich vor dem Beleben seiner Puppen nicht gefürchtet, vielleicht es sogar gewünscht. Die Quelle des unheimlichen Gefühls wäre also hier nicht eine Kinderangst, sondern ein Kinderwunsch oder auch nur ein Kinderglaube.«

Sigmund Freud: Das Unheimliche. In: S. F.: Psychologische Schriften. Studienausgabe Bd. 4. Hrsg. von Alexander Mitscherlich [u. a.]. Frankfurt a. M.: S. Fischer, [7]1989. S. 250–257. –

Freud erhärtet die Annahme, ein »infantiles Moment« bringe das Gefühl des Unheimlichen hervor, mit weiteren Auszügen aus Werken Hoffmanns und der Weltliteratur, aber auch mit Beispielen aus der Erfahrungswelt, wobei er durchaus unterscheidet »zwischen dem Unheimlichen, das man erlebt, und dem Unheimlichen, das man sich bloß vorstellt oder von dem man liest.« (S. 269) Die »Einsicht in die Herkunft des Unheimlichen vom verdrängten Heimischen« (ebd.) trifft jedoch gleichfalls auf ein literarisches Werk zu, »wenn der Dichter sich dem Anscheine nach auf den Boden der gemeinen Realität gestellt hat. Dann übernimmt er auch alle Bedingungen, die im Erleben für die Entstehung des unheimlichen Gefühls gelten« (S. 272), ja, er vermag es mit den Mitteln der Fiktion sogar zu steigern. So gilt auch für die literarische Darstellung das folgende »Ergebnis« der Untersuchung: »Das Unheimliche des Erlebens kommt zustande, wenn *verdrängte* infantile Komplexe durch einen Eindruck wieder belebt werden oder wenn *überwundene* primitive Überzeugungen wieder bestätigt scheinen.« (S. 271)

Während Freud die narrative Struktur der Hoffmannschen Erzählung außer acht läßt und ihrer poetischen Verfaßtheit nicht weiter nachsinnt, sieht Jürgen Walter in der literarischen Darstellung selbst die unheimliche Wirkung begründet. Gegen die Neigung vieler Interpreten, die Geschichte auf einen einzigen Sinnbereich festzulegen – wobei er gar nicht bezweifelt, »daß Hoffmann im *Sandmann* Tiefenschichten der menschlichen Psyche, eigene bedrängende Erfahrungen, psychosoziale Konflikte der Gesellschaft seiner Zeit verarbeitet und dargestellt hat« (S. 33, Anm. 25) –, stellt Walter die These auf: »Die phantastisch-unheimliche Wirkung des *Sandmann* ist in der Form der Erzählung angelegt, diese hat wesentlich Instrumentalcharakter« (S. 17). Bei dessen detaillierter Betrachtung geht er u. a. auch auf das komplexe Motivgeflecht des Textes ein:

»Wirkungsintentional eingesetzt und auf eine bestimmte Wirkungsfunktion ausgerichtet ist auch die auffällige Motivstruktur der Erzählung. Zentrales Motiv, das erstmals in der Verbindung mit der titelgebenden Gestalt des Sandmanns auftritt [. . .], sind die Augen, genauer: das Entstellen, Herausreißen, das Zerstören und Fehlen von Augen. Entstellte Augen – schon rein sprachlich als ›Oke‹ – sind auch die Brillen, Gläser und das Perspektiv, das Nathanael von Coppola/Coppelius erwirbt und durch das ihm die toten, seelenlosen Augen der Olimpia als lebendige erscheinen [. . .]. Der Kampf zwischen Coppola und Spalanzani dreht sich um die Augen der Automate, die schließlich, herausgerissen, blutig auf dem Boden liegen. Der Blick durch das Perspektiv auf Claras entstellte Augen – ›Aber bald glühten und sprühten Feuerstürme durch die rollenden Augen‹ [39,23 f.] – löst den letzten, tödlichen Wahnsinnsanfall des Nathanael aus; mit dem Schrei ›Ha! Sköne Oke – Sköne Oke‹ springt er schließlich in die Tiefe [40,22]. Zweifellos bewirkt die Häufung dieses Motivs, seine geradezu leitmotivartige Einsetzung eine Verästelung des Geschehens, die sich auch dann nicht löst, sondern nur verstärkt, wenn der sprachkundige Leser als weitere Motivverflechtung bemerkt, daß die Namen Coppola und Coppelius an italienisch ›coppo (poet. f. Augenhöhle)‹ [...] anklingen. Ähnlich das Motiv der Treppe: alles Grausige spielt sich hier, auf der Grenzscheide zwischen Innen- und Außenraum ab – gleichsam die Unentschiedenheit, ob es sich um innere oder äußere Vorgänge handelt, vergegenständlichend. Das erste Erscheinen des Sandmanns in der Kindheit kündigt sich auf der Treppe an [4,28–30], Coppola dringt über die Treppe ins Zimmer des Studenten ein [...] und entfernt sich wieder auf ihr, laut und unheimlich lachend [28,3–5]. Der Kampf Spalanzanis mit Coppola um die Augen der Puppe spielt sich auf der Treppe ab, das grausige Schlußgeschehen vollzieht sich nach dem Ersteigen der Turmtreppe ...

Zufall? – Tiefere Bedeutung? – so fragt sich der Leser, und genau das ist gewollt. Durch die Einsetzung und variierende Wiederholung dieser und noch anderer Motive – z. B. die [...] Zahl ›drei‹ – wird immer wieder eines bewirkt: Situation und Ereignisse, die weit voneinander entfernt liegen und nichts miteinander zu tun haben müssen, werden in Verbindungen gebracht, die gesetzmäßig oder zufällig sein können. Geheime Korrespondenzen könnten bestehen, müssen es aber nicht. Entscheidend ist letztlich nur, daß der Leser sie zu vermuten, ja zu suchen beginnt. Die Motivstruktur bewirkt so, daß einzelne Teile des Geschehens zu Gliedern von Zusammenhängen werden, die herstellbar erscheinen, gerade weil sie nicht ausdrücklich hergestellt werden. Alles wird bedeutend, oder genauer: es produziert Deutung, ohne seine eigentliche Bedeutung preiszugeben. Mit anderen Worten: die Motivstruktur der Erzählung ist auf reflektierende Enträtselung durch den Leser angelegt, gleichzeitig verhindert sie diese, da sie sich jedem eindeutigen Zugriff entzieht.

Die Geschichte vom *Sandmann*, so kann man zusammenfassen, ist von Hoffmann so angelegt und erzählt worden, daß sie gleichsam zweimal aufgeht – und im Ganzen doch nicht: als rationalisierbares Geschehen etwa einer psychischen Erkrankung oder abnorm auswuchernden Einbildung – eine Deutung, die in der Erzählung selbst durch Clara vertreten wird und von der erleidenden Hauptfigur zwar als ›fatal verständig‹ [17,7] zurückgewiesen, aber durch die Ereignisse niemals widerlegt wird – oder als Eingreifen äußerer, unfaßbarer, irrationaler Mächte in die Alltagswelt eines dafür sensiblen Studenten – so begreift und deutet Nathanael sein Schicksal selbst, was ebenfalls durch die Ereignisse selbst nirgends eindeutig widerlegbar ist. Zwei Rezeptionsvorgaben sind hier vom Autor mit bewußt eingesetzten erzähltechnischen Mitteln berechnend über- und ineinandergeschrieben. Liest man die Geschichte auf die erste Weise, ist sie einordbar in bürgerlich-alltägliche Rationalität, die das ihr Fremde als das Anormale begreift. Liest man sie auf die zweite Weise, ergibt sich eine phantastische, auch unterhaltende Spukgeschichte, deren Konsum von Alltagszwängen und -normen entspannen kann, ohne sie ernsthaft in Frage zu stellen. In beiden Fällen könnte sich der Leser in seiner gedeuteten Welt beruhigen. Daß er es aber schließlich doch nicht tut und als aufmerksamer Leser auch nicht tun kann, liegt daran, daß beide Rezeptionsvorgaben ebenso möglich sind, wie sie einander ausschließen. Die vorgegebenen Deutungsmöglichkeiten streiten sich gleichsam im Leser weiter – und genau das ist es, wodurch die Geschichte unheimlich wirkt. Wären die Fakten und Geschehnisse nicht so, sondern anders – etwa in durchgängiger Ich-Erzählung oder nur personaler Erzählhaltung – erzählt, wäre

auch ihre Wirkung eine andere und keineswegs immer eine unheimliche. [. . .]
Das ›Unheimliche‹ ereignet sich somit im Leser und ist ein Erkennen – oder auch: Wiedererkennen – verschütteter, unbewußter oder verdrängter Erfahrung von Wirklichkeit, die anders ist als das, was er gemeinhin dafür hält und anerkennt. Aufs reale, zeitgenössische Publikum bezogen bedeutet das: ein Philisterpublikum, mit Schlegel zu reden, ›der Leser, wie er ist‹, soll durch Verunsicherung und im Rückgang auf eigene verschüttete Erfahrungen gerade seiner Philiströsität beraubt werden, die eben darin besteht, daß im Lektürevollzug nur eine eindeutig-begreifbare Weltsicht, die des sogenannten gesunden Menschenverstandes des Alltags, bestätigt werden will.
Eine solche falsche, philiströse Rezeption wird übrigens auch in der Erzählung selbst thematisiert, lächerlich gemacht und satirisch zurückgewiesen. Ein Professor der Beredsamkeit erklärt das Geschehen um Olimpia und Nathanael auf einer Teegesellschaft so: ›Das Ganze ist eine Allegorie – eine fortgeführte Metapher! – Sie verstehen mich! – Sapienti sat!‹ [37,26 f.] Jede allegorisch-eindeutige Auflösbarkeit des Textes, wie auch immer sie im einzelnen verfährt, würde Reduzierung auf eine philisterhaft-eindimensionale Weltsicht bedeuten, würde – nicht anders als die eingangs erwähnten wissenschaftlichen Interpretationen – das rätselhafte Geschehen als Einkleidung und Illustration von so Begreifbarem mißverstehen und um die intendierte Wirkung bringen. Diese aber ergibt sich nur aus und in der Erkenntnis, daß die Erzählung gerade nicht in dieser Weise eine außerhalb ihrer selbst liegende Bedeutung formuliert und zuläßt. [. . .] Das heißt, die Erzählung erhält ihren Sinn nicht als Illustration oder Einkleidung einer ihr vorgegebenen Bedeutung, die der Rezipient etwa durch Analyse und Interpretation freizulegen hätte, sondern sie ist erzähltechnisch so organisiert, daß der Leser zwingend am Zustandekommen einer Bedeutung beteiligt wird: unabhängig von ihm ist gleichsam keine da. Der Leser ist auf sich selbst ver-

wiesen, auf Anknüpfen an eigene Erfahrungen, mögliche eigene Rückerinnerungen. Mit anderen Worten: angelegt und provoziert ist eine Rezeption, die aus dem Inneren des Rezipienten heraus schöpferisch wird, die nicht nur passive Konsumption, sondern auch aktive Produktion ist. Nicht vorgefaßte Bedeutung wird bestätigt, sondern der Leser muß [...] eine in der Vorlage gleichsam ungefaßte Bedeutung selber generieren.
Das Eigenartig-Originelle und zugleich das ›Unheimliche‹ an der Erzählung *Der Sandmann* ist dann darüber hinaus, daß jede vom Leser generierte Bedeutung, sofern sie das Erzählte auf eine eindeutige Wirklichkeit bezieht, von der Erzählstruktur her aber wieder in Frage gestellt wird, so daß dem Leser schließlich die Richtigkeit seiner vereindeutigenden Wirklichkeitssicht selbst fragwürdig werden muß. Der Endzweck der Erzählung weist damit über den nur literarisch-fiktionalen Bereich hinaus in den der Realität des Rezipienten.«

Jürgen Walter: Das Unheimliche als Wirkungsfunktion. Eine rezeptionsästhetische Analyse von E. T. A. Hoffmanns Erzählung »Der Sandmann«. In: Mitteilungen der E. T. A. Hoffmann-Gesellschaft 30 (1984) S. 26 f., 31.

Mit Bezug auf Carl Georg von Maassens historisch-kritische Ausgabe der *Nachtstücke* hebt Ulrich Stadler hervor, daß die positivistische Suche nach einer bestimmten Quelle für Hoffmanns Geschichte wenig erbringt: Ein Motiv wie das der belebten Holzpuppe findet sich um 1800 in allen künstlerischen Disziplinen und verweist auf umfassende kulturgeschichtliche Problembereiche, etwa auf den Widerspruch zwischen rationalistischer Zergliederung und romantischer Durchdringung der Natur:

»In der [...] Einleitung zum 3. Band druckt von Maassen eine Geschichte aus der 1792 erschienenen Anekdoten-Sammlung *Antihypochondriakus oder etwas zur Erschütterung des Zwerchfells und zur Beförderung der Verdauung* ab. Sie handelt von einem Taschenspieler, der sich eine wunderschöne weibliche Puppe aus Eichenholz mit einem Wachsgesicht herstellen ließ, die sich mittels einer Maschinerie bewegen konnte. Diese Puppe habe er als lebend ausgegeben und gegen Geld zur Schau gestellt. Unter den Betrachtern seien bald Verliebte gewesen, die ihn mit Geschenken überhäuften und denen er ein Stelldichein mit der Angebeteten versprechen mußte. Er habe sie auf eine bestimmte Stunde alle miteinander zu einem tête à tête bestellt und sich rechtzeitig selber aus dem Staub gemacht. Die Verehrer hätten zunächst geglaubt, ihr ›Engel‹ (S. XIII) schliefe. Bei der ersten Berührung jedoch sei eine wächserne Hand abgebrochen und in viele Stücke zerborsten. Die Desillusionierung sei allgemein gewesen und habe ›eine große Revolution in der Denkart vieler junger Personen beiderley Geschlechts zuwege gebracht.‹ (S. XIII) Die schönen Damen hätten sich hinfort Mühe gegeben, sich so zu verhalten, daß man sie ohne weiteres auch von einer geschickt angefertigten Puppe hätte unterscheiden können.

In dieser Geschichte glaubte von Maassen die entscheidende Quelle für den *Sandmann* gefunden zu haben. Trotz mancher wörtlichen Übereinstimmung zwischen den beiden Erzählungen und trotz der Schlußpartie jenes älteren Textes, die wie eine zaghafte Skizze dessen wirkt, was Hoffmann dann zu einer bissigen Karikatur der geist- und seelenlosen Teezirkel ausformte, kann von einem eigentlichen Nachweis nicht gesprochen werden. Zum einen wurde die Herstellung von Automaten, von sprechenden, singenden und tanzenden Holzpuppen in der zweiten Hälfte des 18. Jahrhunderts überall in Europa mit Aufmerksamkeit verfolgt und bildete bald auch ein beliebtes und weit verbreitetes literarisches Motiv. Namen wie die der Konstrukteure Jacques de Vaucanson, Pierre Jaquet-Droz, Joseph Gallmayr, Wolfgang von Kempelen und Johann Karl Enslen waren in aller Munde, und häufig hörte man auch von Betrugsmanövern, die den künstlichen Apparaten den perfekten Anschein von

Lebendigkeit verleihen sollten. Hoffmann hat sich nachweislich mit dieser Thematik stark auseinandergesetzt. Die Pläne, einen eigenen Automaten zu bauen [...], sind genauso überliefert wie die Tatsache, daß der Autor die Konstruktion der beiden Automatenbauer Johann Georg und Friedrich Kaufmann besichtigt hat [...].
Zum anderen steht das Automatenmotiv im *Sandmann* in einem größeren Zusammenhang, den Hoffmann mit seiner Erzählung anvisierte. Die literarische Darstellung des Wahnsinns, die Erwähnung des Abenteurers, Geistersehers und Alchemisten Cagliostro [16,18], die Anspielung auf Lazzaro Spallanzani [16,5], einen Naturwissenschaftler, der sich mit Arbeiten über den Vulkanismus und über künstliche Befruchtung einen Namen machte, verweisen auf eine Epoche der Wissenschaftsgeschichte, an der Hoffmann Anteil hatte und zu der *Der Sandmann* eine Art Kommentar darstellt. Der euphorische Glaube, Lebewesen herstellen oder doch zumindest täuschend nachahmen zu können, beruhte wie manche wissenschaftliche Theorie des Zeitalters – etwa der Brownianismus und der Mesmerismus – auf der Annahme einer tiefgreifenden Affinität zwischen lebenden Organismen und leblosen Substanzen. Die beiden, zunächst genuin aufklärerischen Wissenschaftszweige, die ›natürliche‹ (mechanistische) und die ›übernatürliche‹ (elektrische, magnetische) Physik gerieten in ein immer größeres Spannungsverhältnis zueinander, bis sich bei der letzteren die ursprüngliche Herkunft ganz verdunkelte. Als Schwärmerei oder – je nach Standpunkt des Urteilenden – als romantische Wissenschaft trat sie in einen Gegensatz zur aufklärerischen [...] – ein Prozeß, der Hoffmann nicht gleichgültig geblieben sein konnte. Jedenfalls darf der *Sandmann* als eine Stellungnahme zu diesem Prozeß gelesen werden. Die Tätigkeit des reinen Verstandes wie die der puren Imagination werden kritisiert, indem ihre gemeinsame Wurzel aufgezeigt wird. Wenn auch nicht behauptet werden soll, daß es Hoffmanns Absicht gewesen sei, die beiden Wissenschaftszweige gleichermaßen als hypertrophe Formen der

Wirklichkeitsaneignung kenntlich zu machen, so läßt sich doch der *Sandmann* als eine Reaktion auf eine wissenschaftsgeschichtliche Herausforderung interpretieren. Daß eine Kontroverse innerhalb der Naturwissenschaften in der Literatur aufgegriffen wird, ist gerade für das ausgehende 18. und beginnende 19. Jahrhundert höchst charakteristisch, wie die Untersuchungen von Wolfgang Lepenies (*Das Ende der Naturgeschichte.* München 1976) und Werner Obermeit gezeigt haben. In jedem Fall dürfte der naturwissenschaftliche und naturphilosophische Diskurs um 1800 eine ungleich wichtigere Voraussetzung für die Entstehung der Hoffmannschen Erzählung gebildet haben als die Existenz jener Anekdoten-Sammlung.«

Ulrich Stadler: Der Sandmann. In: Brigitte Feldges/ U. S.: E. T. A. Hoffmann. Epoche – Werk – Wirkung. München: Beck, 1986. S. 139–141. –

Im Anschluß an seine kritische Edition des Textes, in der dessen verschiedene Fassungen synoptisch präsentiert werden, hat ULRICH HOHOFF einen akribisch »zusammenfassend-gruppierenden Kommentar« zu Hoffmanns Erzählung verfaßt, der beinahe die gesamte Sekundärliteratur bis ca. 1986 berücksichtigt (weshalb beim Abdruck der folgenden Textpassage auch auf die Wiedergabe der zahlreichen Anmerkungen mit ihren minutiösen Belegen verzichtet werden muß). Hohoffs Münchener Dissertation (!) verzeichnet u. a. die für Hoffmanns Nachtstück bedeutsamsten Abhandlungen zur Psychopathologie und den Unterschied zwischen deren medizinischen Intentionen und der Schilderung des Krankheitsbildes im *Sandmann*:

»Unter den Schriften über Geisteszerrüttungen, die Hoffmann gut kannte, sind für den ›*Sandmann*‹ die Werke von Philippe Pinel und Johann Christian Reil wichtig:

1. Philippe Pinel: *Traité médico-philosophique sur l'alienation mentale* (Paris 1801), dt. u. d. T.: *Philosophisch-me-*

dizinische Abhandlung über Geistesverwirrungen oder Manie (Wien 1801).
Pinel wurde auch in Deutschland nach 1800 als der erste Irrenarzt berühmt, der – 1794 in der Anstalt zu Bicêtre, die er leitete – die Wahnsinnigen nicht mehr wie Kriminelle behandelte und sie von den Ketten befreien ließ; sein Werk gilt als Grundbuch eines empirisch orientierten, humanen Verständnisses der Geisteskrankheiten; es macht anstelle von Spekulationen eigene Beobachtungen zur Grundlage von Therapie.

2. Johann Christian Reil: *Rhapsodieen über die Anwendung der psychischen Curmethode auf Geisteszerrüttungen* (Halle 1803).
   Reil gilt als Begründer des Begriffs ›Psychiatrie‹ und war nach 1800 in Deutschland der wohl bekannteste Arzt. Er war kein Empiriker, hatte aber alle wichtigen zeitgenössischen Diskussionsbeiträge gelesen, darunter Pinel, und verarbeitet. Hoffmann zitiert das Werk wiederholt, u. a. im *›Öden Haus‹* und in den *›Serapionsbrüdern‹*, wo er auch klinische Fälle [. . .] aus Reils Buch in Erzählungen verarbeitet. Reils Werk war auch die Hauptquelle für Hoffmanns juristisches *›Gutachten über die Mordtat des Tabakspinnergesellen Daniel Schmolling‹* von 1818 oder 1819.
   In den *›Rhapsodieen‹* finden sich die wesentlichen Merkmale der Wahnsinnsdarstellung im *›Sandmann‹* wieder.

[. . .] Zwischen Hoffmanns Gestaltung des Wahnsinns in seiner literarischen Krankengeschichte und den Standardwerken der entstehenden Psychopathologie bestehen weitreichende Parallelen, vor allem bei den Dispositionsbedingungen und den Symptomen des Wahnsinns. Sie sind ein eindrucksvolles Zeugnis für Hoffmanns gute Kenntnis der zeitgenössischen Fachdiskussion.
Die psychologische Glaubwürdigkeit einer Krankengeschichte, die in Raserei und Mordversuchen endet – auch hier Parallelen zu Reil – allein hätte so vieler Parallelen-

nicht bedurft. Hoffmann hat in den Merkmalen seines ›Helden‹ die Züge dessen, dem nach zeitgenössischer Ansicht der Wahnsinn droht, überdeutlich angehäuft. Dieser ›Dispositionsüberschuß‹ gibt seiner Figur typisierende Züge. Hoffmann schwächt die individualisierenden Züge der Figur – vor allem in der zweiten Hälfte der Erzählung – ab und verstärkt ihre Merkmale als Typ. Die Figur Nathanael ist so angelegt, daß sie sich deutlich von ihren Mitmenschen abhebt und prädestiniert scheint zu Wahrnehmungen, die nach Reil und Pinel Vorstufen des Wahnsinns sind. Auch die Mediziner haben einen quantitativen Begriff von Wahnsinn: Erst ein großes Übermaß innerer Erregung bzw. die Kumulation einzelner Symptome läßt den Wahnsinn ausbrechen. Weil Nathanael ständig an der Grenze zum Wahnsinn steht, ohne diese zunächst zu überschreiten, eignet sein Fall sich besonders gut als Grundlage für eine lebhafte Diskussion darüber, wie seine Wahrnehmungen einzuordnen seien. Hoffmann schildert an Nathanael im *›Sandmann‹* eine Suche nach möglichen Lösungen, bis der Text sie am Ende zur gültigen Lösung erklärt.
Bis dahin suggeriert der Ich-Erzähler, daß unterschiedliche Einordnungsversuche (durch Nathanael, Clara und ihn selbst) möglich seien. Statt Rätsel zu lösen, erzeugt er beim Leser Betroffenheit [. . .]; statt wie die Ärzte zu diagnostizieren, läßt Hoffmann seine Figuren darüber spekulieren, welche Vorbedingungen die Phänomene, die später als Krankheitssymptome gewertet werden, erst ermöglichen. Die Figuren nehmen die scheinbar übernatürlichen Phänomene zum Anlaß, deren Vereinbarkeit mit der ›Wirklichkeit‹ auf je andere Art nachzuweisen.
Außerdem erweitert auch die Olimpia-Handlung die Krankengeschichte. Hoffmann nähert Nathanael jenem problematischen – im *›Sandmann‹* ironisierten – Typ des übersensiblen jungen romantischen Künstlers an, dessen erotische und künstlerische Selbstfindung das Thema der Künstlergeschichten der Zeit der Romantik ist – einerseits im Gesamt-

werk Hoffmanns, andererseits in dem von Zeitgenossen wie Novalis, Tieck und Arnim [...].
Diese doppelte Erweiterung der individuellen Krankengeschichte ins Grundsätzliche (Realitätsverständnis, Künstlerproblematik) unterscheidet die Diskussion um Nathanaels Wahrnehmungen grundlegend von jener der zeitgenössischen Seelenärzte wie Reil und Pinel über den Wahnsinn, deren Anliegen die Heilung und die gesellschaftliche Re-Integration der Wahnsinnigen sind.«

Ulrich Hohoff: E. T. A. Hoffmann: »Der Sandmann«. Textkritik, Edition, Kommentar. Berlin/New York: de Gruyter, 1988. S. 307, 313 f. –

Wie bewußt Hoffmann in seinen Erzählungen Faktoren der »Außenwelt«, d. h. die die psychische Verfassung seiner Protagonisten prägenden Elemente ihrer sozialen und kulturellen Umgebung dargestellt hat, zeigt Thomas Koebner mit der Betrachtung von Nathanaels familiärer Situation auf. Koebners im wesentlichen immanente, an Aspekten der geschilderten Wirklichkeit ausgerichtete Ausführungen lassen sich leicht durch sozialgeschichtliche Daten stützen (vgl. Nipperdey, Kap. IV/1).

»Aus welcher Familie stammt Nathanael? Er wohnt mit seinen Eltern und Geschwistern offenbar in einer Wohnung im ersten Stock eines Hauses. Diese Wohnung umfaßt mehrere Zimmer. Dies sind Hinweise darauf, daß es sich um einen mittelständisch-bürgerlichen Haushalt handelt. Berufs- oder Geldsorgen sind keine Themen des familiären Gesprächs. Die Mutter pflegt einen recht innigen Umgang mit den Kindern; aber da ist auch noch die Wartefrau für die Jüngeren. Der Vater geht seinem Dienst nach und ist häufig nicht zu Hause; vielleicht ist er ein Beamter, der täglich nur kurze Zeit mit seinen Kindern zusammen, körperlich kaum anwesend ist. Nathanael behält ihn als einen Mann im Gedächtnis, der gerne von seinen Reisen erzählt, die er offenbar vor seiner Heirat unternommen hat. Im Vergleich zur

Mutter wirkt er wie ein Fremdkörper, gerade, wenn er abends den Besuch des Sandmanns, des Coppelius erwartet: dann entschwindet er den Blicken seiner Familie im Tabaksqualm. Die Angst verratende und hervorrufende Starrheit seines Wesens in dieser Situation macht ebenso augenfällig wie die Untertänigkeit, die er Coppelius als seinem Mittagsgast wie einem ›höheren Wesen‹ [8,15] erweist, daß es sich um einen ›entmachteten‹ Vater handelt. Er hat so wenig persönliches und berufliches Gewicht in die Waagschale zu werfen, daß er es hinnehmen muß, wenn Coppelius die Kinder als ›kleine Bestien‹ [8,7] bezeichnet. Wer zu keinerlei Gegenwehr gegen solche Demütigungen imstande ist, weist wenig Selbstbewußtsein, geschweige bürgerliches Selbstbewußtsein auf. Weshalb sich der Vater mit dem Advokaten Coppelius eingelassen und mit ihm alchemistische Experimente unternommen hat, bleibt im dunklen. Clara vermutet in ihrem Brief, daß den Vater vielleicht der unselige Drang nach höherer Weisheit getrieben habe; also, so wäre vielleicht weiterzudenken, eine Neigung zur Spekulation, zum beinah faustischen Abenteuer – Entdeckergelüste, denen er in seinem Arbeitsleben sonst nicht hat nachkommen können. Nathanael ist zweimal erschrocken über das fratzenhafte Gesicht seines Vaters: einmal, als sich der Vater zum Feuer auf seinem Laborherd niederbückt; der Widerschein der Flammen auf dem Gesicht entstellt die Physiognomie, was von Nathanael nicht so sehr als optischer, sondern als moralischer Eindruck gewertet wird; das andere Mal, als er den Vater tot am Boden liegen sieht. Zum Glück entkrampfen sich die Züge des Gestorbenen, und zu seinem Begräbnis sieht er wieder so milde aus wie früher im Leben. Auch hier wird ein natürlicher Vorgang vom Beobachter Nathanael im höheren Sinne verstanden: als Beweis dafür, daß der Pakt mit dem Bösen den Vater nicht das Seelenheil gekostet habe. Die Doppelfunktion des bürgerlichen Vaters, aus der Literatur des ausgehenden 18. und beginnenden 19. Jahrhunderts bekannt, nach außen ein Untertan, nach innen ein Hausherr, scheint im *Sandmann* nicht unwesentlich verändert worden zu sein. Der Vater ist in der eigenen Familie selbst als deren ›Oberhaupt‹ kaum mehr gegenwärtig. Man mag sich daran erinnert fühlen, daß Hoffmann selbst in der Obhut eines Onkels aufgewachsen ist, da sich der leibliche Vater von der Familie getrennt hatte.

Die Aushöhlung des patriarchalischen Status verhindert nicht, daß die Männer die Frauen nicht sonderlich ernstnehmen. Nathanael genießt zwar die Zuwendung und Pflege seiner Mutter, unterrichtet sie aber künftig nicht über seinen Lebenskonflikt. Ebenso richtet er seinen ersten Brief, der gleichsam die Vorgeschichte seiner Pein berichtet, an den Freund Lothar – und steckt diesen Brief versehentlich in einen Umschlag, auf den er Claras Namen geschrieben hat. Eine charakteristische Fehlleistung: Eingeübt hat er, bei ernsten Problemen nur Männer anzusprechen, im Widerspruch zu dieser Haltung will er sich aber doch an Clara wenden, von der er sich auch später besonderes Verständnis und bestätigende Einfühlung erhofft. Seine Gereiztheit Clara gegenüber erklärt sich daraus, daß ihm solche kriecherische Zuwendung unter Aufgabe eigener Ansprüche verweigert wird. Im Vaterhause Nathanaels, das noch so heißt, als der Vater schon tot ist, kommt es zu wenig Austausch zwischen den Personen. Nathanael wirkt alleingelassen mit seinen Ängsten, die um die Figur des Sandmanns kreisen. Er wirkt auch alleingelassen mit seinem Ekel – der allerdings auch der Ekel seiner Geschwister ist –, den Coppelius in ihm erregt. Die Vermeidung oder Verkleinerung von Problemen entspricht einer Familienverfassung, bei der die Behauptung des Eigenwerts nicht üblich ist. Coppelius kann wie ein Tyrann gewaltsam in den Ablauf dieser kleinen Welt eingreifen, ohne daß er mit Opposition rechnen müßte. Weder vom Vater noch von der Mutter werden andere Verhaltensweisen als die des ängstlichen Duckens vorgeführt. Clara, schon etwas freier und selbstbewußter, schließt sich doch im weiteren Sinne dieser Art an, vor dem, was fürchten läßt, den Blick zu senken und abzuwenden. Sie ahnt die Bedrohung, will sie aber durch eilfertige Erklärung gebannt wissen. Ihr Ziel ist ein ungestörtes Binnenleben; die Restauration der heilen Familie gelingt ihr nach Nathanaels Tod: auf dem Lande, außerhalb der Stadt, in geziemendem Abstand zu der Sphäre gesellschaftlicher Macht, wie sie etwa Coppelius für den Vater Nathanaels auch verkörpert hat. Hoffmann benützt Formeln arkadischer Landsehnsucht, verbreitet in dem der Hofwelt gesellschaftskritisch abgekehrten Denken des 18. Jahrhunderts und in seiner Feier der von geschichtlichen Wirren unberührt bleibenden Pastoralen.

Die Erzählung *Der Magnetiseur* trägt als Untertitel die nähere Bezeichnung: ›Eine Familienbegebenheit‹. Die Einmischung des Magnetiseurs treibt eine ganze Familie in den Tod: Vater, Tochter, Sohn und Bräutigam. Eine Zerstörung nicht ganz des gleichen Ausmaßes ereignet sich im *Sandmann*. Die Gegenwart des Coppelius scheint sowohl den Tod des Vaters als auch den des Sohns zu bedingen. In der handschriftlichen Erstfassung, die ausnahmsweise erhalten geblieben ist, fällt sogar noch eine Schwester dem Wirken dieses Bösen zum Opfer. Zunächst einmal allegorisch verstanden, heißt dies: Hinter der wohlanständigen Fassade des Bürgerhauses, in dem Nathanaels Familie wohnt, rumort es verdächtig. Im Arbeitszimmer gibt es ein verstecktes alchemistisches Kabinett. Unter der Oberfläche willfähriger Friedfertigkeit bei der Person des Vaters enthüllen sich dem Sohn unbegreifliche Begierden, die den Vater sogar einen Bund mit dem Feind der Familie eingehen lassen. Im ersten Stock des ehrbaren Hauses, wo sonst nur Ruhe und Gleichmaß herrschen, gibt es schließlich eine Explosion. Der Student Nathanael, der sonst seiner schon früh angelobten Clara anmutige Gedichtlein zum geselligen Zeitvertreib vorträgt, während sie strickt und stickt und aus dem Fenster guckt, wird plötzlich von dunklen Ahnungen und gräßlichen Träumen überwältigt. Der brave Mann, dessen Lebensweg an der Seite Claras schon so deutlich vorgezeichnet scheint, entwischt dem bürgerlichen Programm in eine leidenschaftliche und falsche Liebe zu einer Puppe und verfällt schließlich dem Wahnsinn. Als die Familienharmonie wiederhergestellt und der verlorene Sohn eingefangen scheint, kommt es zu einem zweiten, noch bösartigeren Ausbruch: Nathanael wird beinahe zum wahnsinnigen Mörder von Clara. Die Idylle der Wohlanständigkeit und der gesicherten Verhältnisse trügt. Im Bürger tun sich Abgründe auf – und man kann argwöhnen, daß diese Abgründe spezifisch mit der bürgerlichen Lebensführung zu tun haben. Ob nicht das extreme Sichruhigstellen und die Selbstentäußerung an die Gebote und Regeln der Außenwelt, das Verdrängen der Triebregungen, um unauffällig und klein zu bleiben, zu einer künstlichen Identität führen, die manchem wie Nathanael schon den Blick dafür verwirren kann, was Natur und was Maschine ist? Auch mag es nicht verwundern, daß diese Domestizierung des eigenen Lebens bei einigen umschlägt in verzweifelte Ohnmachtsgefühle und eine allseitig reduzierte Persönlichkeit hervorbringt, derer man am Ende durch Selbstvernichtung ledig wird. Unter diesem Aspekt gesehen, zeigt die Erzählung *Der Sandmann*, wie die Selbstbeschränkung eines Menschen auf seine Familienrolle, seine Familienperson, wie die Überanpassung an die bürgerlichen Vorschriften der Selbstentwertung, der Ein- und Unterordnung zerstörerische und selbstzerstörerische Konsequenzen bergen. Dabei sind weitere Aussichten verrannt: Der Bürger Nathanael, dem es nicht vergönnt ist, sich als nützliches Mitglied der Familie und Gesellschaft zu erweisen, wird darüber zum irrsinnigen Narren und beinahe zum tollwütigen Mörder. Ein Drittes scheint es für ihn nicht zu geben, so daß er wie das Opfer eines ›Systems‹ wirkt, auf das er selbst in der Abweichung fixiert bleibt, dem er nicht zu entrinnen vermag.«

Thomas Koebner: E. T. A. Hoffmann: Der Sandmann (1816), in: Interpretationen: Erzählungen und Novellen des 19. Jahrhunderts. Bd. 1. Stuttgart: Reclam, 1988. S. 275–279.

Wie die Geschichte »von Nathanaels verhängnisvollem Leben« zwischen zwei konträren Erklärungsmustern in der Schwebe gehalten wird, so gibt es auch in der Zeichnung der Erzählfiguren Unbestimmbarkeitsmomente, die eine ungebrochene Charakteristik verhindern. Daß Coppelius, der Sandmann, von seinem Autor einer allzu arglosen Identifikation mit dem Piemonteser Coppola entzogen wurde, wird inzwischen von Interpreten kaum mehr bestritten, aber die Frage, wer oder was sich hinter der Titelgestalt der Erzählung verbirgt, hat recht unterschiedliche Antworten hervorgerufen.

Für GÜNTER HARTUNG figuriert Coppelius, unverkennbar ausgestattet mit einigen im Volksglauben verankerten Merkmalen des Teufels, als zerstörerisches Gegenprinzip zum lebendigen Geist der Schöpfung; dieses liegt dem »Glas- und Apparatewesen« (S. 61) einer materialistischen Physik zugrunde, die den Menschen als Maschine begreift:

»Coppelius fungiert in der Vision als Interessenvertreter einer Macht, deren eigentliches Element die Zerstörung ist; die dem Chaos nicht Schöpfungen entbinden, sondern das Geschaffene annihilieren will. Doch wie steht es mit dieser Macht auf der Ebene des vom Erzähler direkt verantworteten Berichts? Auch hier erzeugen die Farben, die Hoffmann aufträgt, den Schimmer einer anderen Welt. Am deutlichsten geschieht das beim dritten Auftritt des Coppelius. Nicht eine Halluzination Nathanaels, sondern Klaras Beobachtung kündet ihn an: ›Sieh doch den sonderbaren kleinen grauen Busch‹ – im Entwurf: ›ein kleines graues Thürmchen‹ – ›der ordentlich auf uns loszuschreiten scheint‹ [39,18 f.]; es ist zu erinnern, daß der Advokat sich aschgrau trug und erst zur Katastrophe geradewegs in die Stadt kam. ›Riesengroß‹ ragte dann Coppelius über die Menge empor [40,14 f.]. Das tut sonst bei Hoffmann (zum Beispiel in der *Nachricht aus dem Leben eines bekannten Mannes* [III, 525]) nur jemand, der gewiß kein Mensch, sondern ganz unzweifelhaft der Teufel ist. Man kann nicht umhin, diesen in jenem zu agnoszieren, wennschon die Gesamtphysiognomie des Advokaten das volkstümliche Teufelsbild nur in Vermischung mit zeitgenössisch realistischen Zügen aufweist und dadurch jede eindeutige Identifizierung auch wieder verhindert. [...] Wenn er in der Gestalt des Coppelius den Klumpfuß weggestellt, auch der Vorliebe für ›rote Mäntelchen und rote Federn‹ [I,260] entsagt hat, dann hat er immerhin die ›krummgebogene Habichtsnase‹ [I,393] behalten, ohne die ihn Hoffmanns Zeitgenossen sich nicht denken konnten (und die ebenso in den *Faust*-Illustrationen von Julius Oldach oder Peter von Cornelius zu finden ist wie, mit charakteristischer Verfremdung, auf Hoffmanns eigener Zeichnung zum *Sandmann*); das ›schiefe Maul‹, mehr noch die grünlich funkelnden ›Katzenaugen‹ deuten entschieden auf Dämonisches; Gestalt, Fäuste und erdgelbes Gesicht erinnern an einen Gnom oder Golem. Was die altmodische Kleidung des Advokaten anlangt, so dürfte Hoffmann der erste gewesen sein, der die Unheimlichkeit jüngstvergangener Moden festgestellt hat, mit welcher später die Surrealisten arbeiten sollten.

Coppelius ist also eine aus ›heterogenen Elementen‹ zusammengesetzte Gestalt, an der gerade noch so viele traditionelle Vorstellungselemente beteiligt sind, daß sich die Resultante eines in Menschengestalt erscheinenden ›teuflischen Prinzips‹ ergibt. Die mittelalterlich-volkstümlichen Züge treten dabei je nach Auftrittsort und -zeit der Figur verschieden stark hervor. So schmecken die Umstände, unter denen Nathanaels Vater starb, bedenklich nach dem bekannten Ende von Teufelsbeschwörern, wie denn schon beim Experimentieren seine Gesichtszüge sich ›zum häßlichen widerwärtigen Teufelsbilde‹ verzogen [9,5 f.]. Ebendort, angesichts des altertümlichen Alchimistenherdes, offenbarte sich zuerst der verteufelte tiefere Grund der ganzen ›überreichen Komposition‹.

Noch die einleitenden Tätigkeiten, die Nathanael beobachtete, hätten sich sozusagen realistisch deuten lassen, aber im anschließenden traumhaften Zustand erlebt der Junge

Dinge, die er nicht nur aus seinem Innern haben konnte. [...] Die klassischen Teufelslaute, zähnefletschendes Mekkern, gellendes Lachen, heben sich ab von einem Selbstgespräch, das dem begleitenden Werk gilt. Von diesem Werk und seinen metaphysischen Aspekten konnten Nathanaels Angstträume nichts wissen: Es ist die künstliche Reproduktion des Menschen. Nicht um Goldmacherei ging es, sondern um den Homunkulus, und indem der Vater den Versuchen sein Haus öffnete, gab er der Versuchung Zugang zu seinem Sohn. Nathanael hat den Bösen mit Augen gesehen, und wenn der auch die Augen des Kindes nicht nehmen kann, wird er den Zeugen doch durch ein Augenpaar vernichten. Auch für den in Coppelius inkarnierten Teufel gilt die Faustsche Charakteristik: ›Du kannst im Großen nichts vernichten / Und fängst es nun im Kleinen an.‹ (Vers 1360 f.) Das verneinende Prinzip möchte es schon im Großen versuchen; es könnte den Weltgeist negieren, wenn es ihn und seinen Widerschein im Menschen künstlich herstellte. Das Werk wird zu Hohn und Trotz dessen unternommen, der hier – genau wie ›Der Herr‹ im Munde des Mephistopheles – ›der Alte‹ heißt, der jedoch eher mit dem ›absoluten Geist‹ des Idealismus oder mit dem ›Geist‹ der naturphilosophischen Kosmogonie im *Goldenen Topf* gleichzusetzen wäre. Im Kampf gegen ihn durch Nachäffen der Schöpfung ist der Widersacher sichtlich auf verschiedene Schwierigkeitsstufen gestoßen. Der Mechanismus menschlicher Glieder wenigstens läßt sich verstehen und wohl auch reproduzieren; aber die Augen bleiben fürs erste unerreichbar.

Man versteht, daß der Satan, nachdem es im Norden mit den mittelalterlichen Methoden nicht gegangen ist, nun sich südlich wendet, mit der fortgeschrittensten Wissenschaft – denn das war die Physik der Italiener – aufs engste kollaboriert und selber die Herstellung scheinlebendiger Augen in Angriff nimmt. Mit der Olympia-Episode geschieht ein Sprung in die Moderne, der die faustische Luft hinter sich läßt. Erzählerisch folgt auf das Gruselmärchen die phantastische Groteske. Der Böse hat sich ins Kostüm eines Linsenschleifers gehüllt, sein Auftreten trägt die zeitgenössischen Züge von Handel und Raub; die Kooperation mit der Wissenschaft geschieht in der mehrdeutigen Sphäre der Scharlatanerie. Die Puppe Olympia ist insofern ein Gemeinschaftswerk mit dem neuen Adepten, als Spalanzani zwar ›Räderwerk – Sprache – Gang‹ [36,15] in zwanzigjähriger Arbeit zustande gebracht hat, jedoch nicht die Augen, die er dem Beschaffer Coppola stehlen mußte. Dadurch hat der Teufel Macht über das hybride Werk erlangt und kann es an sich reißen, als wenigstens die Verblendung eines Menschengeistes gelungen ist.

Besonders im taghellen, flimmernden und klirrenden Spuk der Olympia-Geschichte hat Hoffmann Einsichten ins Bild gebracht, die abstrakt schwerlich auszusprechen und traditionell kaum zu gestalten waren. Die Aversion gegen das Glas- und Apparatewesen der Naturwissenschaft teilte er mit Goethe, doch ließ er sich von ihrer Sphäre gerade anziehen und seine Phantasie an ihr entflammen. Offensichtlich interessierte ihn die Physik nicht um der Naturerkenntnis willen, sondern wegen des ihr immanenten oder von ihr ableitbaren Bildes vom Menschen. Der vermessene Anspruch des damaligen Materialismus, Leben und Geist mechanisch erklären zu können, mußte sichtbar werden, wenn man den Satz, daß der Mensch eine Maschine sei, umkehrte und praktisch zu beweisen trachtete. Wirklich konnten die um 1800 beliebten automatischen Figuren einem reizbaren Gemüt als Probe aufs Exempel des l'homme machine erscheinen. In Hoffmanns Erzählung *Die Automate* heißt solche Nachahmung des Lebens ›der erklärte Krieg gegen das geistige Prinzip‹ [III,347]. Figuren, ›die dem Menschen nicht sowohl nachgebildet sind, als das Menschliche nachäffen‹, werden ebendort ›Standbilder eines lebendigen Todes oder eines toten Lebens‹ genannt [III,330]; auch die Vorstellung, daß etwa ›der lebendige Tänzer die tote hölzerne Tänzerin faßte und sich mit ihr schwenkte‹ [III,346], ist schon vorhanden: als eine Phantasie des Grauens. – Wo die Wissenschaft, so ließe sich die Moral der Geschichte resümieren, den menschlichen Geist und

Willen usurpiert und ihre Resultate an deren Stelle setzt, ist sie in den Dienst eines Widergeistes getreten, der es auf die Vernichtung des eigentlich Menschlichen abgesehen hat. –«

Günter Hartung: Anatomie des Sandmanns. In: Weimarer Beiträge 23 (1977) H. 9. S. 58–61. – Mit Genehmigung von Günter Hartung, Halle.

In seiner an der texttheoretischen Begrifflichkeit von Julia Kristevas Semiotik orientierten Betrachtung hebt HANS-THIES LEHMANN die aus dem Spiel der Signifikanten resultierende Formlosigkeit der Sandmann-Figur hervor, über die das »Semiotische« (der vorbegriffliche, körperlich-triebhafte Ausdruck) das »Symbolische« (die sinnstiftende Ordnung der Sprache) durchkreuze: In der Macht des Sandmanns zur Verdopplung, d. h. Personen und Eindrücke wiederkehren zu lassen,

»sah Freud einen der wesentlichen Gründe für seine unheimliche Wirkung. Ebenso bedeutsam ist aber der Umstand, daß er die Gestalt gewordene *Gestaltlosigkeit* ist. Sein Kopf heißt ›unförmig‹, seine Erscheinung ist ›gräßlich‹, breitschultrig, riesenhaft. Nichts paßt, riesige Größe, große Ohren, und zu allem noch ›große, knotige, haarigte‹ Fäuste. Unentschieden schwankt die Beschreibung zwischen Tier, Pflanze, Erdmasse und Mensch. Hinzukommt, daß, vor allem durch den wiederholt betonten ›schweren‹ oder ›scharfen Tritt‹, überhaupt die bloße *Gewichtsmasse* der Erscheinung betont wird.
Gestaltlose Masse scheint dieser Haufen aus Häßlichkeit, Formlosigkeit, Unübersehbarkeit und Riesenhaftigkeit zu sein. Mit Stein und Erde assoziiert, könnte man ihn auch als Teil jenes fernen Gebirges, der ›*Riesen*stadt‹, wie es heißt, ansehen, in das Nathanael und Clara vom Turm aus blicken, und von wo aus er dann zu seinem letzten schrecklichen Auftritt in die Stadt kommt. So entgleitet der reale Umriß der Figur des Sandmanns in eine Art Formlosigkeit. Oder man sollte vielleicht sagen: er rinnt durch die Finger wie *Sand*. Den Sandmann, das heißt ja wörtlich zunächst auch: der *Mann aus Sand*, so wie man von einem Schneemann

spricht. Wirklich ist diese Konnotation in der ersten Fassung noch erhalten, in einer weiteren Charakterisierung des Coppelius, die die Momente Formbarkeit des Stoffes, Häßlichkeit, Zerfall, Entsinnlichung und Entfärbung vereint: ›Zur Winterszeit pflegte er ganz weiß zu gehen – selbst Hut, Stock und Uhrband waren von weißer Farbe. Ich glaube, er hätte weiße Schuhe tragen mögen, wäre das nur irgend Sitte gewesen – Noch entsetzlich(er) war dann sein häßlich Gesicht anzuschauen. – Uns Kindern war er dann wie ein *scheußlicher Schneemann*, dem man das Gesicht mit Ziegel gefärbt und Kohlen statt der Augen eingesetzt.‹
Im Winter bedeckt sich die Erde, der Sand mit Schnee. Die gleich dem Gesicht des Coppelius sonst ›erdgelbe‹ Materie, grau, staubig, aschfarben, verliert alle Farbe. Das Unheimliche des Sandmanns ist gebunden an die Gestaltlosigkeit des Sands, der, beliebig formbar, durch die Faust rinnt, in Körner sich auflöst, die in die Augen spritzen. ›'Augen her, Augen her!' rief Coppelius mit dumpfer, dröhnender Stimme (. . .). 'Nun haben wir Augen – Augen – ein schön Paar Kinderaugen.' So flüsterte Coppelius, und griff mit den Fäusten *glutrote Körner* aus der Flamme, die er mir in die Augen streuen wollte.‹ [9,11–21]
Um jene Gestaltlosigkeit würdigen zu können, empfiehlt es sich, die einzelnen Auf-Tritte des Sandmanns etwas genauer zu verfolgen: Es muß auffallen, daß nicht ein einziges Mal die *Stimme* des Coppelius – das gilt für Coppola ebenso – erwähnt wird, ohne näher charakterisiert zu werden: Sie ist heiser, schnarrend und gellend, sie flüstert, zischt und lispelt, sie ist meckernd, dröhnend, dumpf. Das hämische oder teuflische Lachen wird ebenso als gellend oder ähnlich beschrieben – und das in jeder neuen Beschreibung. Auch bei der bekannten relativen Stereotypie, mit der Hoffmann sein Vokabular collagiert: dieses Vorgehen ist extrem auffällig, zumal es sich mit einem allgemeinen Getöse verbindet, das der Körper des Sandmanns mitbringt. Ist seine Stimme am Rand des unartikulierten Lauts, so wird der Lärm, den er bei sich führt, bis in die Konnotation des Anorganischen

getrieben: ›Wirklich hörte ich dann jedesmal etwas schweren langsamen *Tritts* die Treppe herauf*poltern* ...‹ es ist ein ›*dumpfes* Treten und Poltern‹ [4,28–31] ›Entsetzen ergriff mich, wenn ich ihn ... meines Vaters Stubentür *heftig aufreißen* und hineintreten hörte.‹ [5,28–30] ›Die Haustür *knarrte*, durch den Flur *ging es*, langsamen, schweren, *dröhnenden* Schrittes nach der Treppe ... näher *dröhnten* die Tritte ... es *hustete* und *scharrte* und *brummte* seltsam draußen ... heftiger Schlag auf die Klinke ... die Tür springt rasselnd auf ...‹ [6,31–7,6]
Man hört: Wie im Optischen Gestaltlosigkeit und Entfärbung, so im Akustischen das nicht Gegliederte. Der Sandmann ist chaotische Klangmasse, unartikuliert, so wie sie ist, bevor die Einschnitte der Bedeutung aus dem bloßen Lautmaterial sprachliche Signifikanten, Lautbilder, images acoustiques machen.
Es scheint, wir haben beieinander, was, nicht: wer, der Sandmann ist: ein Mangel, ein Fehlen. Es ist der Name der Abwesenheit einer verstehbaren signifikativen Gliederung, einer Abwesenheit, die als Häßlichkeit erscheint.«

Hans-Thies Lehmann: Exkurs über E. T. A. Hoffmanns »Sandmann«. Eine texttheoretische Lektüre. In: Romantische Utopie – Utopische Romantik. Hrsg. von Gisela Dischner und Richard Faber. Hildesheim: Gerstenberg, 1979. S. 304–306.

Unzufrieden mit der Konzentration der Forschung auf die Beschreibung des Sandmanns im Märchen »der alten Wartefrau«, spürt Ursula Orlowsky in Wörterbüchern verschiedener Sprachräume und Soziolekte Definitionen für »die reale Person Sandmann« auf (S. 156). Lexikalisch ist er a) als »Berufsbezeichnung eines Sand verkaufenden Hausierers« (S. 158), b) als Geschworener in Gerichtsverfahren und c) als gaunersprachliche »Chiffre für ›Rausch‹« zu belegen. Nach Lösung dieser »Bedeutungsknoten« entlarvt (dekonstruiert) Orlowsky, im Durchgang durch diverse Enzyklopädien (wobei ihre Assoziationen auch durch ein phonologisch nicht haltbares Sprachspiel ausgelöst werden[1]) die »Maskeraden des Sandmannes«:

»Kann schon beim Wort ›Sand‹ eine Polyvalenz bezüglich seines Gebrauchswertes festgestellt werden, die sich im Changieren als maskulines oder feminines Substantiv ausdrückt, so tritt ähnliches auch bei den Namen ›Coppelius‹ und ›Coppola‹ auf: die Endsilben lassen sich beide mit ›coppo‹ – dem ›Schmelztiegel‹ – verbinden. Der coppo und die coppola = Augenhöhle erhalten damit die Funktion einer copula. Durchsichtiger wird die Maskerade der copula, rekurrieren wir bei den Figuren Coppelius/Coppola auf die historische Gestalt des um 1498 lebenden ›Coppuleus oder vielmehr Coppola‹, den Zedler in der ›Allgemeine(n) Encyklopädie‹ [Bd. 6, Halle-Leipzig 1723, S. 1203] mit einem kleinen Artikel bedenkt:

> Coppuleus oder vielmehr Coppola, (Markus) ein Neapolitaner und Mönch montis Olivete, ward 1498 Bischoff zu Monte Pelusio, und erhielt dabei die Freyheit, statt des weißen Habits einen schwartzen zu tragen.

Daß dieser Coppola mit Vornamen ebenso hieß wie einer der besten Freunde Hoffmanns in Bamberg mit Familiennamen – der Leiter des Hauses für Gemütskranke Dr. Marcus – mag Zufall sein. Nicht zufällig ist jedoch die Bedeutung, die sich aus dem Zusatz ›Mönch montis Olivete‹ ergibt. Olivete war Sitz eines Benediktinerklosters.
Die Benediktiner hatten nach der Ordensgründung zunächst freie Wahl bei der Farbe ihrer Kleidung. ›Aber im Kampfe gegen die Unenthaltsamkeit des Klerus‹ wurde während des Mittelalters von vielen Mönchen die weiße Farbe eigens gewählt als Symbol der angelobten Enthaltsamkeit‹ [*Kirchenlexikon oder Enzyklopädie der katholi-*

1 Während die Silbe *cop-* in ›Coppelius/Coppola‹ ein kurzes ›o‹ enthält, geht das Wort *copula* auf *compellere* (zusammentreiben) zurück, weist also ein durch den Nasalausfall bedingtes langes ›o‹ auf (Ersatzdehnung nach Ausfall des Nasals) [R. D.].

schen Theologie und ihrer Hilfswissenschaften, Bd. 2, 2. Aufl. Freiburg/Br. 1883, S. 331]. Diesen Maskenwechsel hatte Hoffmann in seinem ersten Manuskript noch literarisch inszeniert: dort trat Coppelius abwechselnd als Advokat mit ›aschgrauem Rock‹ bekleidet auf oder ›ganz weiß wie ein Schneemann‹ [...]. In der zweiten Fassung fällt diese Kostümerie fort, und Coppelius trägt die altfränkische Mode von 1720. Während der Begegnung Vater-Coppelius-Nathanael ziehen beide Männer lediglich schwarze Kittel über – der Vater bemerkenswerter Weise erst, nachdem er den Schlafrock abgelegt hat. Was er darunter trug oder ob er nicht vielmehr nackt war, wird nicht erwähnt [8,32 f.].
Der Coppelius des ›Sandmann‹ gilt uns somit zunächst als Person, die keine innerweltliche Askese ausübt: in Nathanaels Erzählung trinkt er mit dem Vater, bekommt seine Lieblingsspeisen serviert und treibt auch allerlei geheimnisvolle Dinge [8,16–18].
Sodann wird Coppelius im ›Sandmann‹ durch einen Beruf ausgewiesen, der kühlen Verstand und intellektuelle Raffinesse erfordert: als Advokat, Anwalt, Fürsprecher, Vormund und Redner ist er ein Mann des Gesetzes, der zum Gericht hinzugerufen wird: ad-vocare = zu sich rufen. Zu Hoffmanns Zeit wurden an der Ehrenhaftigkeit dieser Advokaten große Zweifel laut, hatten sie im Volksmund doch den Ruf von Männern, denen ›die höhere Bedeutung des Rechts verloren gegangen ist‹ [E. Walter, *Das Juristische in E. T. A. Hoffmanns Leben und Werk*, S. 95] und die ›bloß vom Unglück anderer Menschen leben‹. Auf diese Unehrenhaftigkeit spielt die Erzählung auch wie beiläufig an: Coppola, der mit Perspektiven handelt, wird als Piemonteser bezeichnet [16,8]. ›Italiäner und Italiänisch sind undeutsche und verwerfliche Formen‹, heißt es bei Campe 1808. Mache sich erst das ›Italiänische‹ breit, ›wird die Ehrlosigkeit bei uns die Wirkung der Italischen Konservatorien und morgenländischen Harems nach sich ziehen‹ [*Wörterbuch der deutschen Sprache*, Bd. II, Braunschweig 1808, S. 832].

Die Assoziation, daß Advokaten wie Coppelius vom Unglück anderer leben, wird jedoch bereits auf der dritten Seite des ›Sandmann‹ vorbereitet. Die alte Wartefrau erzählt von den Kindern des Sandmanns, die Schnäbel wie Eulen hätten und die Augen unartiger Kinder aufpickten. Der Leser/Hörer wird überlesen oder später vergessen haben, daß die Wartefrau sagte ›Schnäbel wie die Eulen‹ und die Sandmann-Kinder als Eulenkinder erinnern. [5,15] Eulen sind – so sagt der Aberglaube – in Tiere verwandelte Übeltäter. Eulen haben gelbgrüne Augen, ihr Blick ist tötend. Mit ihrem Schrei verkünden Eulen [...] Unglück, Feuersbrunst und Tod. Wiederaufgenommen wird die Augenfarbe der Eulen und die damit verbundene Assoziation ›Dämon‹ nun bei Coppelius/Coppola: von ihm sagt Nathanael, er habe Katzenaugen. Katzen gelten als dämonische Tiere, als Hexen, Truden und Teufel, denn sie inkorporieren, nicht zuletzt wegen der Elektrisierbarkeit des Fells, das sinnliche Prinzip. Gelbgrünäugige Katzen aber – und damit schließt sich der Kreis Eulenaugen-Katzenaugen-Coppelius/Coppola – können Kinder behexen und ganze Familien ins Unglück stürzen. [...]

Die Polyvalenz des Coppelius als sinnlichen Genüssen nicht abgeneigter Person und als unehrenhafter Advokat-Fürsprecher, der als Wetterglashändler Coppola künstliche Perspektive feilhält, läßt sich nun mit der Figur und den Bedeutungen des Sandmanns ohne Schwierigkeiten verknüpfen.

Der Hausierer Sandmann, der Advokat Sandmann als Coppelius oder als italienischer Wetterglashändler Coppola verkörpern die Verführung durch berauschende (Sandmann), niedere, heimlich-unheimliche Sinnlichkeit in der Bedeutungsüberlagerung: schmutzig, unehrenhaft, schwächend, täuschend, die Ratio vernichtend. Zugleich aber evoziert Sandemand das Verbot, das Gesetz und die Bestrafung durch ein Gericht. Damit aber werden die bei ›copula‹ ausgeführten zusätzlichen Angaben für Coppelius/Coppola produktiv: das Wort ›copula‹ bezeichnet ›Verknüpfung‹, ›Verbindung‹ ebenso wie ›Seil‹, ›Strick‹ und ›Fang-strick‹.«

Ursula Orlowsky: Literarische Subversion bei E. T. A. Hoffmann. Nouvelles vom »Sandmann«. Heidelberg: Winter, 1987. S. 160–162. –

Erhebliche Differenzen gibt es auch in der Einschätzung Claras; die kontroversen Urteile, von denen bereits der fiktive Erzähler berichtet: die junge Frau wird entweder für kalt und »gefühllos« oder für verständnis- und »gemütvoll« gehalten (20,13–16), scheinen sich in der Forschung fortgesetzt zu haben. Jochen Schmidt interpretiert im Rahmen seiner informativen Gesamtdarstellung der »Geschichte des Genie-Gedankens« auch den *Sandmann*, »die Tragödie der autonom sich entfaltenden Imagination« (S. 24). In seiner Künstlernovelle schildere Hoffmann mit dem Scheitern des romantischen Poeten Nathanael »die Krise der Subjektivität«. In Claras Wesen hingegen stimmten die verstandesmäßigen und gefühlshaften Seiten überein:

»Unter dem Eindruck so mancher anderer Erzählungen Hoffmanns, in denen die Geliebte lediglich den Künstler in seinem Beruf gefährdet, da sie ihn in eine triviale Lebenswirklichkeit herabzuziehen droht, liegt es für den Interpreten nahe, im ›Sandmann‹ zwar nicht die offensichtlich hoffnungslose Position des Poeten zu rechtfertigen, aber doch wenigstens diejenige der Braut Clara im Sinne einer bornierten Realitätsgebundenheit zu definieren. Indes gibt der Text keinerlei Anhaltspunkte für derartige Thesen, es sei denn, man adaptiert unkritisch die Sehweise Nathanaels. Hoffmann hat das Mißverständnis, Clara sei eine Vertreterin eines einseitigen Rationalismus, Realismus oder gar einer trivialen Bürgerlichkeit, mit außerordentlichem Aufwand auszuschließen versucht, unverkennbar deshalb, weil dieses romantische Klischee, das auch in so manchem seiner eigenen Werke Verwendung findet, im allgemeinen Bewußtsein des zeitgenössischen Lesers so fixiert war, daß es ausgeschlossen werden *mußte*. Auktorial stellt der Erzähler fest: ›Clara hatte die lebenskräftige Phantasie des heitern, unbefangenen, kindischen Kindes, ein tiefes weiblich zartes Gemüt, einen gar hellen scharf sichtenden Verstand.‹ [20,4 bis 6] Sie verkörpert demnach gerade nicht ein einseitig verstandesmäßiges und realitätsfixiertes, sondern ein integrales Menschentum, zu dem auch die poetischen Qualitäten gehören: ›Phantasie‹ und ›Gemüt‹. Nur die einseitigen, im pejorativen Sinn ›romantischen‹ Gesellen lehnt sie ab: ›Die Nebler und Schwebler hatten bei ihr böses Spiel.‹ ›Clara‹, so heißt es weiter, ›wurde deshalb von vielen *kalt, gefühllos, prosaisch* gescholten; aber andere, die das Leben in klarer Tiefe aufgefaßt, liebten ungemein das gemütvolle, verständige, kindliche Mädchen.‹ [20,7; 13–16] Diese Feststellungen haben deutlich präventiven Charakter im Hinblick auf mögliche Mißverständnisse, die aus dem romantischen Klischee Kunst contra Philistertum resultieren könnten. Denn Nathanael in seiner zunehmend ›romantischen‹ Verwilderung bemängelt schon bald an Clara das ›Kalte‹ und ›Prosaische‹, das hier ausdrücklich als Fehlmeinung charakterisiert wird: ›Sein Verdruß über Claras kaltes prosaisches Gemüt stieg . . .‹ [22,10]

Die Konsequenz, mit der Hoffmann dieses Motiv des ›Kalten, Prosaischen‹ auch weiterhin durchführt, läßt erkennen, daß er seine Erzählung wesentlich als eine kritische Auseinandersetzung mit der von ihm selbst vertretenen Romantik konzipiert hat: mit den Fragwürdigkeiten des romantischen Subjektivismus, mit der ins gespenstische Abseits führenden Absolutheit jenes genialischen Poesiebegriffs, den die Romantik zum höchsten steigerte und der die nicht mehr hinterfragten, als gängige Münze ausgegebenen Vorurteile gegenüber der Lebenssphäre begünstigte. Alle derartigen Vorurteile gerinnen hier zu der stereotypen Formel ›kalt, prosaisch‹. In der Aufdeckung dieser Struktur des Vorurteils liegt eine der historisch interessanten Leistungen der Sandmann-Erzählung. Hier wird die Romantik sich selbst

in ihrem zentralen Bereich zum Problem, aber nicht von außen, sondern indem sie von innen her zu ihrem eigenen Grenzwert vorstößt.
Was in dieser Erzählung als Geschichte einer Liebe und einer inneren Entfremdung erscheint, ist demnach vor allem die Figuration eines prekären und schließlich mißlingenden Ausgleichsversuchs zwischen ›Verstand‹ und ›Phantasie‹, zwischen Leben und Poesie. In Claras Wesen ist dieser Ausgleich a priori stabilisiert, obwohl es für ihre durchaus sensible Art spricht, daß sie sich von Nathanaels Anfangsbericht sympathetisch erschüttern läßt. Nathanael hat den Ausgleich nur eine Zeitlang verwirklichen können; ein stabiler Ausgleich wäre die Basis eines dauerhaften Bündnisses zwischen ihm und Clara gewesen. Aber er gleitet unaufhaltsam in den Wahnsinn des Subjektivismus. Der Prozeß dieses Hinabgleitens und des ihn unterbrechenden periodischen Stabilisierungs- und Ausgleichsbemühens ergibt den Duktus der gesamten Erzählung.
Aufschlußreich sind in diesem Zusammenhang auch die letzten Sätze. Nach Nathanaels gräßlichem Ende scheint Clara ein anderes Lebensglück gefunden zu haben. Aber es scheint nur so. Mit doch wohl hintergründiger Absicht verzichtet der Erzähler auf jede direkte, sichere Aussage. Er berichtet nur von einem ›on dit‹ und fährt hypothetisch und eigenartig ungewiß fort: ›Es wäre daraus zu schließen, daß Clara das ruhige häusliche Glück noch fand . . .‹ [40,29 f.] Sie, die neben dem heitern, lebenslustigen Sinn die Dimension der Phantasie und des Gemüts besitzt, hat in diesem Glück auch resignieren müssen. In beiden Fällen scheitert der ideale Ausgleich.«

Jochen Schmidt: Die Geschichte des Genie-Gedankens in der deutschen Literatur, Philosophie und Politik 1750–1945. Bd. 2: Von der Romantik bis zum Ende des Dritten Reichs. Darmstadt: Wissenschaftliche Buchgesellschaft, ²1988. S. 25–27. –

Demgegenüber verkörpert für Charles Hayes Clara »das typische Bürgermädchen«, das sich den gesellschaftlichen Mechanismen angepaßt hat. Der Meinung des Professors der Poesie und Beredsamkeit (»Das Ganze ist eine Allegorie«) komme mit hintergründiger Ironie eine tiefere Bedeutung zu: hinter Olimpia verberge sich eigentlich die nicht minder leblose Clara.

»Klara hat sich den bürgerlichen Verhältnissen völlig angepaßt. Sie wünscht sich eine Welt ohne Überraschungen. Ihre Worte und Handlungen bezeugen alle ihren gesunden Menschenverstand, ihr gesittetes Leben wird durch die Macht positiven Denkens reguliert. Ihr kluger Rat an Nathanael, der das Opfer schrecklicher Halluzinationen zu sein scheint, kulminiert in der Ermahnung: ›Sei heiter – heiter!‹ [15,13] In der Erkenntnis, daß er die Gewalt über die Realität zu verlieren beginnt und von den frevelhaften Einflüssen, die ihr heiteres Zusammenleben gefährden, gerettet werden muß, übernimmt sie die Rolle des ›Schutzgeistes‹, erklärt: ›ganz und gar nicht fürchte‹ sie sich vor den ›garstigen Fäusten‹ des angeblichen Sandmanns und verspricht, ihn ›mit lautem Lachen fortzubannen‹ [15,14–18 ff.]. Ihre einzigen negativen Gedanken betreffen das negative Prinzip selbst, das ihr in den Ausgeburten von Nathanaels Phantasie entgegentritt: seine Dichtungen, die ihren Haushalt zu stören und ihren Kaffee zu verderben drohen [21,31–36], sowie der Sandmann selbst, die verkörperte Unordnung, der ein friedliches Leben unmöglich macht. Aber Nathanael weigert sich eigensinnig, glücklich zu werden. In der Mitte der Erzählung bricht ihre Beziehung fast auseinander. Er wird von ihrer Kälte, sie von seiner Mystik abgestoßen: ›so entfernten beide im Innern sich immer mehr voneinander, ohne es selbst zu bemerken.‹ [22,12–14] Es kommt zum offenen Bruch, als Nathanael ihr ›untreu‹ wird und Olimpia umwirbt, die er für Klaras Gegenteil hält: ein poetisches Gemüt. Nathanael fühlt sich in eine ›ganz andere Welt‹ versetzt [31,19], wo die Phantasie zur Wirklichkeit wird, und verliebt sich in ein anziehendes Geschöpf, ohne zu bemerken, daß sie eine Holzpuppe ist. [...] Olimpia ist mehr als nur eine zufällige oder vorübergehende Episode in Nathanaels Leben. Ein Anhaltspunkt für ihre Funktion in diesem Werk ergibt sich anläßlich der Teegesellschaft, die der öffentlichen Enthüllung von Spalanzanis Schwindel folgt. Einer der Anwesenden, der nicht zufällig als Professor der Poesie und Beredsamkeit bezeichnet wird, macht eine dunkle und nicht erklärte Mitteilung: ›Hochzuverehrende Herren und Damen! Merken Sie denn nicht, wo der Hase im Pfeffer liegt? Das Ganze ist eine Allegorie – eine fortgeführte Metapher! Sie verstehen mich! Sapienti sat!‹ [37,24 bis 27] Es scheint, als ob Hoffmann sich hier nur, wie auch sonst oft, über die akademische Pedanterie lustig macht, denn niemand, der eine Reihe von Ereignissen als Realität erlebt, kann sie außerdem als Allegorie interpretieren. Aber die Ironie wendet sich gegen sich selbst; diese scheinbar unsinnige Bemerkung kommt von einem Charakter, der aus seiner fiktiven Rolle heraustritt und den Leser darauf hinweist: Olimpia hat eine ›versteckte‹ Bedeutung. Obwohl sie die Antithese von Klara zu sein scheint und von Nathanael zuerst so verstanden wird, stellt der Autor in Wirklichkeit eine Parallele zwischen ihnen her. Jedesmal, wenn der Erzähler seiner Bewunderung für Klara Ausdruck gibt, ist ein leicht wahrnehmbarer ironischer Unterton unverkennbar. Es ist kein Zufall, daß er immer, wenn er sie als ›himmlisch‹ und ›herrlich‹ beschreibt [38,35], genau die gleichen Worte benutzt, die Nathanael an anderer Stelle auf Olimpia anwendet [32,1;29]. Einmal wird zugegeben, daß nicht allein Nathanael, sondern auch andere Klara für kalt und gefühllos halten [20,13]; die logische Entsprechung zu einer solchen Person, so glaubte Hoffmann offenbar, ist eine leblose Puppe.

Nahezu jede von Klaras Eigenschaften findet in der hölzernen Marionette eine konkrete Entsprechung. Olimpia verfügt über ein Vokabular von nur einem Wort und scheint sich durch den Glanz ihrer Augen auszudrücken; auch von Klara heißt es, daß sie eine ›schweigsame Natur‹ hat und

daß sie sich ebenso beredt durch ihren ›hellen Blick‹ mitteilt wie im mündlichen Gespräch [20,8 f.]. Die Beschreibung der physischen Erscheinung der beiden ist ebenfalls ähnlich. Olimpias künstliche Ausmaße sind streng symmetrisch: sie ist ›im reinsten Ebenmaß‹ gewachsen [16,24 f.]; ihr ›Wuchs‹ und ›Gesicht‹ sind ›regelmäßig‹ [33,1 f.]. Klaras Gesicht ist ebenso plastisch: man bemerkt ›die reinen Verhältnisse ihres Wuchses‹, und ›Nacken, Schultern und Brust‹ waren ›beinahe zu keusch geformt‹ [19,22 f.], als wären sie auch in einem Laboratorium zusammengeleimt worden. Die elitäre romantische Auffassung, die diesem Vergleich zugrunde liegt, zeigt sich in ironischen Anspielungen auf die Augen als der trügerischen Quelle poetischer Inspiration. Professionelle Enthusiasten vergleichen Klaras Augen ›mit einem See von Ruisdael, in dem sich des wolkenlosen Himmels reines Azur [. . .] spiegelt‹, und wähnen, daß ihnen ›aus ihrem Blick wunderbare himmlische Gesänge und Klänge entgegenstrahlen‹, die in ihr ›Innerstes dringen‹ [19,26–34], während Klara in Wirklichkeit, wenn sie Nathanaels Gedichte anhören muß, gähnt und aus dem Fenster starrt, nach ihrem Strickzeug greift, mit ihrem Schoßhündchen spielt oder ihren Vogel füttert. Desgleichen Olimpia: ihre künstlichen Augen, ›voll Liebe und Sehnsucht‹ [30,21], scheinen ›feuchte Mondesstrahlen‹ zu reflektieren [27,29]; wenn Nathanael in sie hineinsieht, sieht er einen ›Strahl aus dem verheißenen Jenseits der Liebe‹ [31,13], der, wie er glaubt, sein ›Inneres‹ für immer ›verklären‹ wird [32,2]. Nathanael grollt Klara vor allem deshalb, weil sie nicht empfänglich ist für die unergründlichen Mysterien der Kunst, die in Wirklichkeit nur in seiner Einbildungskraft existieren. [. . .]
[So] erweist sich Klara als Olimpias ›Blutsverwandte‹ oder, genauer, als ihre Doppelgängerin: Wenn Nathanael Olimpia den Hof macht, so ist dies eine Wiederholung seiner Beziehung zu Klara. Die dualistische Perspektive, charakteristisch für eine Anzahl von Hoffmanns Geschichten, läßt Olimpia einmal als wirkliche Marionette erscheinen und außerdem als wiedererstandene Klara. Nathanael engagiert

sich mit zwei Frauen, die nichtsdestoweniger dieselbe Person sind. Hoffmann zeichnet Klara, das typische Bürgermädchen, als lächerliche Puppe, als völlig geistlosen, leblosen Gegenstand. Dabei ist es jedoch nicht Klara selbst, als Individuum, die verspottet wird, sondern das in ihr verkörperte bürgerliche Prinzip, das ihren Charakter verstümmelt und jede spontane Lebensäußerung unterdrückt hat. Die bürgerliche Ordnungsliebe macht ihr Unmenschliches, Puppenmäßiges aus. Klaras Leben wie das von allen Bürgerinnen bei Hoffmann entfaltet sich gleich einem mechanischen Prozeß, der, durch Triebverdrängung und ›positives‹ Denken gefördert, unwiderstehlich zu Ehe und Mutterglück hinführt.«

Charles Hayes: Phantasie und Wirklichkeit im Werke E. T. A. Hoffmanns. Mit einer Interpretation der Erzählung »Der Sandmann«. In: Klaus Peter [u. a.]: Ideologiekritische Studien zur Literatur. Frankfurt a. M.: Athenäum Verlag, 1972. S. 187, 188–190, 191.

Aus der Einsicht in »Hoffmanns Bemühen, jede Eindeutigkeit in der Beurteilung zu vermeiden« (S. 71), wählt Friedhelm Auhuber den Kompromiß: Er stellt Claras gute Absicht heraus, dem Geliebten zu helfen, indem sie seine »fixe Idee« mit Argumenten auszuräumen sucht, die mit der Betonung des »eigenen Vermögens« zur Überwindung der Schreckensbilder Parallelen zu Kants Anthropologie aufweisen. Aber eben dieser vernünftigen Haltung entzieht sich Nathanael, weil er die ihr inhärente Verleugnung des Phantastisch-Ungeregelten spürt:

»Als Braut Nathanaels steht sie [Klara] ihm nah, und es fällt ihr deshalb nicht schwer, psychologisches Einfühlungsvermögen zu zeigen. Ihr Bemühen, den Kranken zu verstehen, hebt jede Distanz auf. Sie geht damit über das Therapieverständnis vieler Ärzte hinaus, denn sie schlägt auch keine der inzwischen längst vertrauten Kurmethoden vor, um die fixe Idee zu tilgen. Sie erfüllt gleichzeitig die Funktion eines philosophischen Arztes aus dem 18. Jh. im Sinne von Kants

Vermögenspsychologie. Sie scheint zu helfen, wäre das Ende nicht so fatal. Wie ist dieser Widerspruch aufzulösen? Wieder ist der Rezeptionsmodus komplex. Wollte Reil die fixen Ideen durch lebhafte Vorstellungen ihres Gegenteils tilgen, so appellierte Kant an die Macht des Gemüts und an das eigene Vermögen, der krankhaften Gefühle Herr zu werden. Aber wie Hoffmann an der Rezeption der Kurmethoden Reils die Potenzierung des Wahnsinns nachwies, so gesellt sich durch die Therapie Klaras zu der einen fixen Idee eine zweite hinzu: Nathanael betrachtet einen Automat als lebendiges Wesen und verliebt sich in ihn, ohne daß die Vorstellung, Coppelius sei ein Störer seiner Liebe und Vernichter seines Lebens, verschwindet. Die Potenzierung der fixen Idee ist psychologisch feinsinnig durchgeführt und zeigt Hoffmanns schöpferische Fähigkeit. Immer wenn Klara ihre therapeutischen Vorstellungen an Nathanael heranträgt, ist er gekränkt, und beide entfernten ›im Innern sich immer mehr voneinander, ohne es selbst zu bemerken‹ [22,13 f.]. Das beginnt mit Klaras Brief. Nathanael, zwar beschwichtigt, aber auch leicht gekränkt, nimmt jetzt Olimpia wahr. Mit der gleichen Geschwindigkeit, mit der er sich von Klara entfernt, nähert er sich Olimpia. Liegt hier schuldhaftes Versagen vor? Ich denke nicht. Die Forschung hat, gleichgültig ob sie Klara richtete oder verteidigte, viel zu stark personalisiert. Klara ist, wie alle Figuren in dem Stück, Funktionsträger mit bestimmten Vorstellungen von Wahnsinn und Vernunft, von Verrücktheit und Normalität. Nathanaels partieller Wahnsinn zwingt zur Reaktion, und hinter den Reaktionen verbergen sich bestimmte Auffassungen vom Leben, von Krankheiten, von normalem bürgerlichen Verhalten. [. . .]
Der Text gibt nicht den geringsten Hinweis, der es nahelegt, Klaras Haltung irgendeine Schuld am Schicksal Nathanaels zuzuschreiben. Und trotzdem kritisiert der Erzähler die dahinter sich verbergende Weltanschauung in subtiler Form. Das führt zu dem sehr merkwürdigen Schluß des *Sandmann*. Der Erzähler beschreibt zweifellos ein Idyll, ja fast

einen Märchenschluß, bettet ihn jedoch in einen Konjunktiv. Die Andeutung durch die Möglichkeitsform relativiert dieses Idyll damit entschieden. Dem Erzähler scheint es problematisch zu sein. Klara hat lange neben und mit einem seelisch Kranken gelebt, hat Ängste ausgestanden, die von der Sorge um den Geliebten, von der bedrückenden Nähe des Wahnsinns bis hin zur höchsten Todesfurcht in der Turmszene gestaltet wurden, sie hat den Wahnsinn kennengelernt und seine verheerenden Auswirkungen mit aller Intensität am eigenen Leibe erfahren müssen. Wenn es, so legt es der Erzähler nahe, nach so zahlreichen Nöten, ja Zusammenbrüchen, immer noch möglich ist, das ›ruhige häusliche Glück‹ zu finden und es auch zu leben, dann kann dieses Glück nur ein scheinbares sein, das auf vollendeter Verdrängung beruht.«

Friedhelm Auhuber: In einem fernen dunklen Spiegel. E. T. A. Hoffmanns Poetisierung der Medizin. Opladen: Westdeutscher Verlag, 1986. S. 68 f., 71.

IV. Texte zur Diskussion

1. Zu Phänomenen der bürgerlichen Gesellschaft im frühen 19. Jahrhundert

Zur Ausbildung der bürgerlichen »Kernfamilie« im frühen 19. Jahrhundert schreibt der Historiker THOMAS NIPPERDEY:

»Die ›moderne‹ Familie [. . .] – in England entstanden, in Deutschland seit dem späten 18. Jahrhundert sich im gebildeten Bürgertum entwickelnd und dann vom Adel übernommen [. . .] – wird im 19. Jahrhundert beherrschend. Zunächst: hier ist Produktion und Arbeit vom Haus getrennt; mit dem Rückgang der Eigenproduktion auch im bürgerlichen Haus während unseres Zeitraums verstärkt sich diese Tendenz. Die ›Fortschritte‹ der Technik auch im Hause – gelackte Dielen oder Petroleum- oder gar Gaslampen – haben einen die Frau entlastenden Effekt. Die Familie wird eine Konsumgemeinschaft. Für diejenigen, die nicht in der eigentlichen Produktion tätig sind, ist das zunächst scheinbar nicht so aufregend – aber im Zusammenhang mit der Modernisierung der Gesellschaft gilt jetzt: der gesellschaftliche Status des Menschen ist außerhalb der Familie, außerhalb von Geburt und Stand angesiedelt, ist individuell erworben. Sodann: die moderne Familie wird klar die ›Kern‹-, die Eltern-Kinderfamilie, mit deutlichen Grenzen an den Rändern; die Bindung an die Großfamilie wird gelockert. Das drückt sich z. B. auch darin aus, daß die Wahl der Vornamen stärker individualisiert wird. Weiter: die Familie wird ›privat‹, abgeschlossen nach außen, dem öffentlichen, gesellschaftlichen, wirtschaftlichen Bereich wie der sozialen Kontrolle gegenüber; sie grenzt sich aus der kommunalen Öffentlichkeit aus; sie bekommt einen ganz eigenen Innenraum. Feste z. B. verlieren ihre öffentlichen Züge, werden Familienfeste – so Hochzeit, Taufe und Leichenbegängnis, so das Weihnachtsfest, das erst im frühen 19. Jahrhundert zum spezifischen Familienfest wird. Auf der anderen Seite gewinnt diese neue ›private‹ Familie gegenüber Alters-, Standes-, Berufs-, Kirchen- und Gemeindegenossen als soziale Einheit an Gewicht; Geselligkeit und Freundschaft werden in die Familien gezogen, es entsteht eine neue Familienkultur. Kompensatorisch offenbar entwickelt sich zugleich eine neue Trennung von Männer- und Frauengeselligkeit, Herrengesellschaft und Damentee, die Absonderung der rauchenden und kartenspielenden Männer nach dem Abendessen; Verein und Stammtisch sind ein anderer und unterschiedlicher Ausdruck solcher Kompensation. [...] Das Gewicht, das man auf Bildung und Erziehung als Basis für Verständnis und Gefährtenschaft legt, verschärft auch die Unterschiede, weil die Bildung der Männer für Beruf und Politik eine andere ist und bleibt als die der Mädchen. Die Reflexion auf die Polarität der Geschlechter in der Gefährtenschaft führt [nach 1815] zu einer neuen Ideologie. Die Frauen haben an Wert gewonnen, sie gelten als ›kostbar‹, aber anders als die Männer – und darum in einem neuen Sinne ihnen untergeordnet. Die Frau lebt, so die Meinung, nach innen gewandt, für andere, für die Familie, nicht in die Welt ausgreifend, ohne die ›kalte‹ Rationalität des Mannes, ist naiv, nicht reflektiert. Innigkeit und Gemüt – das realisiert sie im Hause, und daraus folgen dann die Normen: häuslich, fleißig, reinlich und sanft, fügsam, nachgiebig, friedlich. Wilhelm von Humboldt, dem Geist von 1800 zugehörig, war hochverwundert über die demütige Mein-hoher-Herr-Attitüde, die seine Tochter Gabriele bei und nach ihrer Heirat zeigte. Solche Auffassungen werden dann durch die ökonomisch sich entwickelnde neue Rollenverteilung verstärkt. Mit der Auflösung der Haus- und Arbeitsverfassung wird der Mann zum Ernährer und Geldverdiener, die Frau konzentriert sich auf die ›Familie‹. In der Phase der Hochindustrialisierung entwickelt sich daraus die Entgegensetzung von Lebenskampf und ›trautem Heim‹; die Rolle der Frau wird es, diese Kompensation gegenüber der Welt des Lebenskampfes zu leisten. So entsteht oder be-

festigt sich nach dem Umbruch um 1800 nach 1815 ein neuer Patriarchalismus.
Pendant dieses neuen Patriarchalismus ist dann der Prozeß der ›Feminisierung der Frau‹, der für das 19. Jahrhundert typisch ist. In der gebildeten Oberschicht, in der die Frauen und die jungen Mädchen noch mehr durch Personal von Hausarbeit und der vollen Last der Kinderaufzucht entlastet sind, entsteht eine weibliche Freizeitkultur: Musik, Französisch, Theater, Literatur – das sind etwa Hauptgegenstände; Kultur und Wissenschaft werden – da der ›Blaustrumpf‹ ein Schreckbild bleibt – in besonderer Weise für die Frauen bearbeitet und popularisiert. Zumal nach 1815 blühen die mittleren und höheren Töchterschulen auf, Folge des neuen Bildungsstrebens wie der Idee einer spezifisch weiblichen Bildung. Die Elemente dieser neuen Kultur werden zu Statussymbolen und -ornamenten, die klavierspielende ›höhere Tochter‹ eines ihrer bekanntesten Produkte. Dazu gehört dann eine eigentümliche Verschärfung aller Regeln für das Schickliche, für Arbeit und Aktivität, das Verbot, allein zu reisen, etwas selbst zu tragen, gelegentlich: schnell zu laufen, zu arbeiten, es sei denn an den obligaten ›Handarbeiten‹ ohne eigentlichen Zweck; dazu gehört ferner das Überfeinerte: die Frauen sind zart, schwach, delikat, nervös, leicht kränklich, leiden zumal an Kopfschmerzen – und weil sie so angesehen werden, werden manche oder viele auch wirklich so. [. . .]
Gefährtenehe und Zuwendung zu den Kindern, Privatisierung nach außen und Verstärkung der familialen Intensität spiegeln sich in der Familienkultur des Biedermeier: der neuen verstärkten Gemeinsamkeit der Familie – um die Mitte des runden Tisches herum –, dem gemeinsamen Musizieren, Wandern, Spielen, dem Mitleben und -fühlen auch des Vaters (leger im Haus- oder Schlafrock) mit den Kindern; und in diese Familienkultur ist auch die Geselligkeit – vom Tee bis zum Hausball – als Geselligkeit zwischen Familien einbezogen. Die heiter-besinnliche Familie und das häusliche Glück sind das Ideal. Ein anschauliches Doku-

ment dieser innig-gemüthaften Familie sind die zur Idylle stilisierten Bilder Ludwig Richters: die ungeheure Popularität dieser Bilder zeigt, wie sehr dies gemalte Ideal den Glücksvorstellungen der Menschen, ja einem Stück Realität entsprach.«

Thomas Nipperdey: Deutsche Geschichte 1800 bis 1866. Bürgerwelt und starker Staat. München: Beck, [5]1991. S. 117 f., 119 f., 122. –

Bei der Darstellung seiner Kindheit in Dresden zeichnet Wilhelm von Kügelgen (1802–67), Hofmaler und Kammerherr im Herzogtum Anhalt-Bernburg, liebe- und respektvoll das Bild seiner Mutter, die ihre Pflichten in Haus und Familie »mit Treue« erfüllte und eine beispielhafte Umsetzung bildungsbürgerlicher Erziehungsmaßstäbe bot.

»Meine liebe Mutter [. . .] war damals noch gesund und jugendlich. Ich erinnere mich ihrer aus jener Zeit als einer jungen, sehr wohlgebildeten Frau mit edlen Gesichtszügen, hellen, geistvollen Augen und einer großen Fülle des schönsten blonden Haares. Ihre Gestalt war von mittlerer Größe und proportioniert, ihr Wesen und Benehmen einfach und wahrhaftig, ihr Urteil treffend. Sie hatte eine sorgfältige Erziehung genossen, war ungewöhnlich kenntnisreich, und ihre vielseitige Bildung befähigte sie, nicht nur die Vorzüge einer guten Gesellschaft zu würdigen, sondern auch das Gespräch der ausgezeichneten Männer, die ihr Haus besuchten, anzuregen und zu beleben.
Letzteres geschah indessen mit so viel weiblicher Zurückhaltung, daß die wenigsten ihrer Gäste die ganze Fülle ihres geistigen Reichtums ahnen mochten; und von ihrer hohen künstlerischen Begabung, deren sie sich als einer vorzugsweise männlichen Eigenschaft fast schämte, wußten kaum die allernächsten Freunde. Ihre schönen Sepiabilder, die sie noch als Mädchen zu eigner Lust und meist nach eigenen Ideen ausgeführt, schmückten die Wände der Schlaf- und

Kinderzimmer, die nur von Hausgenossen betreten wurden, und ihre Harfe wie ihr Flügel tönten nur vor Mann und Kindern.

Diese liebe Mutter strebte nach keiner anderen Ehre als der einer guten Frau und Mutter. Mit ihren Kindern beschäftigte sie sich treu und unablässig und war gewissenhaft bemüht, nichts zu versäumen, was zu unserer Menschenbildung dienlich schien. Aus diesem Grunde studierte sie auch fleißig die gepriesensten pädagogischen Werke ihrer Zeit, aus denen sie freilich wenig Nutzen ziehen mochte; denn eine halbwegs gescheite Mutter weiß schon allein, wie sie ihre Kinder zieht – wo nicht, so lernt sie es schwerlich, weder von Campe noch von Pestalozzi. Sie mochte vielmehr von dieser unerquicklichen Lektüre den Nachteil einer fast krankhaften Steigerung* ihrer ohnedem schon allzu regen Sorglichkeit haben, denn sie lernte alle erdenklichen Jugendfeinde Leibes und der Seele kennen, eine Legion unablässig anstürmender Teufel, vor denen ihre Kinder zu bewahren die Kraft der besten Mutter doch nie ganz ausreicht.

Was sie indessen konnte, tat sie mit Treue. Sie lehrte uns die Hände falten und beten, leitete uns zu gewissenhaftester Wahrheitsliebe an, belog uns nie, auch nicht im Scherz und Spiele, und ließ uns ganz besonders niemals müßig gehen. Den Reiz des Spieles zu schärfen, mußten wir von frühester Kindheit an sogar schon arbeiten, d. h. täglich einige Stunden mit sogenannten nützlichen Beschäftigungen, nämlich mit Garnwickeln, Schnurenmachen, Läppchenzupfen und dergleichen üblen Dingen hinbringen. Und hier erinnere ich mich mit ganz besonderem Vergnügen noch einer allerliebsten, von meinem Großvater selbst verfertigten Phiole aus Elfenbein, durch die das Garn – damit es nicht beschmutzt werde – beim Wickeln durchlief und deren ich mich zur Belohnung für besondere Artigkeit bedienen

* Die Schwärmerei der Mutter für Pestalozzi ging so weit, daß sie Wilhelm nach Yverdon in Pestalozzis Anstalt geben wollte.

durfte, da in der Regel nur eine buchsbaumene verabfolgt wurde.

Diese nützlichen Beschäftigungen nahmen natürlich, je nach dem Grade unserer geistigen Entwicklung, auch einen geistigeren Charakter an. Die Mutter lehrte mich nach der Lautiermethode lesen, und ehe ich das fünfte Jahr erreicht hatte, konnte ich meinen Vater an seinem Geburtstage bereits mit Vorlesung einer Gellertschen Ode überraschen. Desgleichen wurden Schreibübungen beliebt, gezählt, gerechnet und ein kleiner Anfang in der Geographie gemacht.

Hatte ich dann das Meinige getan und die Mutter war zufrieden, so ging sie etwa mit mir an jenen Schrank, der so viel Köstliches enthielt, und langte dies und jenes daraus hervor; am besten ihren schönen englischen Farbenkasten, der das Aussehen eines Buches hatte und die saubersten Utensilien enthielt, elfenbeinerne Palette, silbernen Zirkel, Parallel-Lineal, Maßstab und eine Auswahl der appetitlichsten Farben. Von letzteren rieb die Mutter mir das Nötige auf die Palette, während ich mich an sie drängte und mit Lust den Rundlauf des Farbenstückchens auf dem weißen Elfenbein verfolgte. Dann zeichnete sie mit leichter Hand ein Tier, einen Soldaten, eine Landschaft und überließ die Farbengebung mir. Oh, wie entzückte mich namentlich das Gummi-Gutti**, schon beim Aufreiben und vollends beim Gebrauch! Ich wandte es übermäßig an und erfuhr die tadelnde Kritik der Mutter, die in allem Maß gehalten wissen wollte.

In ihrem Wesen blieb meine Mutter sich immer gleich. Es lag nicht in ihrer Natur, die Zärtlichkeit zu zeigen, die sie im Herzen trug; sie tändelte nie mit mir und ließ mir keine Unart durch, aber sie erschreckte mich auch nie durch Launen und Heftigkeit und gab mir das Bewußtsein, daß niemand in der Welt mich lieber habe als sie. Zum höchsten Lohn für außerordentliche Tugend durfte ich einen Kuß auf die Stirn von ihr erwarten, und dieser war denn auch von so

** Firnis aus dem Milchsaft einer indischen Baumart.

durchgreifender Wirkung, daß mein Vater ihn mir gleich anzusehen pflegte, wenn er ins Zimmer trat.
Nur selten strafte meine Mutter, suchte mich aber immer zur Einsicht meines Unrechts zu bringen und war ein so geschickter Bußprediger, daß ich mich stets beschämt und ganz geneigt fand, Abbitte zu tun. Für dies Verfahren danke ich ihr noch heute, denn es lehrte mich jene Reste im Gewissen tilgen, die der Offenheit des Charakters so schädlich werden können. Mußte ein Vergehen ernstlicher gesühnt werden, so wurde ich auf ein Stündchen oder darüber an ein Tisch- oder Stuhlbein angekettet, zwar nur mit einem Zwirnsfaden, den ich aber nimmer zu zerreißen wagte, so groß war der Respekt vor meiner Mutter; und selbst dann löste diese solche Fessel nicht, wenn mittlerweile Besuch eintrat. Oder auch sie band mir nach Maßgabe des Vergehens ein paar lange, aus steifem Notenpapier gefertigte Eselsohren um den Kopf, welche ich auch während des Mittags- und Abendtisches umbehalten mußte.
Kam mein guter Vater dann zum Essen, so sah er mir freilich diese Midasohren noch mit leichterer Mühe als jenen Stirnkuß an und wußte dann seinen edlen Gesichtszügen einen so bekümmerten Ausdruck zu geben, daß es mir immer durch die Seele ging. Namentlich einmal, als er wegen Zahnweh mit verbundenem Kopf erschien, rührte mich jener Ausdruck bis zu Tränen. Der arme Vater! er hatte Schmerzen und mußte obendrein an seinem Sohne solche Schmach erleben. Ich konnte keinen Bissen essen, obgleich es Dampfnudeln nach echtem bayrischem Rezept gab; aber meine Mutter ließ die Ohren sitzen.«

Wilhelm von Kügelgen: Jugenderinnerungen eines alten Mannes. Nach der krit. Ausg. von Johannes Werner. Leipzig: Koehler & Amelang, 1989. S. 33 bis 36.

»Auf den weißen Rückseiten mehrerer Notenblätter« hat sich der Kapellmeister Johannes Kreisler über den Musikkonsum im Rahmen »eleganter Tees« ausgelassen; sein Autor E. T. A. Hoffmann spricht aus eigener Erfahrung, die er in den vornehmen Kreisen Bambergs machen konnte. Kreisler berichtet,

»daß der Geheime Rat Röderlein hier ein ganz scharmantes Haus macht, und zwei Töchter hat, von denen die ganze elegante Welt mit Enthusiasmus behauptet, sie tanzten wie die Göttinnen, sprächen französisch wie die Engel, und spielten und sängen und zeichneten wie die Musen. Der Geheime Rat Röderlein ist ein reicher Mann; er führt bei seinen vierteljährigen Dinés die schönsten Weine, die feinsten Speisen, alles ist auf den elegantesten Fuß eingerichtet, und wer sich bei seinen Tees nicht himmlisch amüsiert, hat keinen Ton, keinen Geist, und vornehmlich keinen Sinn für die Kunst. Auf diese ist es nämlich auch abgesehen; neben dem Tee, Punsch, Wein, Gefrornen etc. wird auch immer etwas Musik präsentiert, die von der schönen Welt ganz gemütlich so wie jenes eingenommen wird. Die Einrichtung ist so: nachdem jeder Gast Zeit genug [gehabt] hat, eine beliebige Zahl Tassen Tee zu trinken, und nachdem zweimal Punsch und Gefrornes herumgegeben worden ist, rücken die Bedienten die Spieltische heran für den älteren, solideren Teil der Gesellschaft, der dem musikalischen das Spiel mit Karten vorzieht, welches auch in der Tat nicht solchen unnützen Lärm macht und wo nur einiges Geld erklingt. – Auf dies Zeichen schießt der jüngere Teil der Gesellschaft auf die Fräuleins Röderlein zu; es entsteht ein Tumult, in dem man die Worte unterscheidet: Schönes Fräulein, versagen Sie uns nicht den Genuß Ihres himmlischen Talents – o singe etwas, meine Gute. – Nicht möglich – Katarrh – der letzte Ball – nichts eingeübt. – O bitte, bitte – wir flehen etc. Gottlieb hat unterdessen den Flügel geöffnet und das Pult mit dem wohlbekannten Notenbuche beschwert. Vom Spieltisch herüber ruft die gnädige Mama: ›Chantez donc, mes enfants!‹ Das ist das Stichwort *meiner* Rolle; ich stelle mich an den Flügel und im Triumph werden die Röderleins an das Instrument geführt. Nun entsteht wieder eine Differenz: keine will zuerst singen. ›Du weißt, liebe Nanette, wie entsetzlich heiser ich bin.‹ – ›Bin ich es denn weniger, liebe Marie?‹ – ›Ich singe so schlecht.‹ – ›O Liebe, fange nur an etc.‹ Mein Einfall, (ich habe ihn jedesmal!) beide möchten mit einem Duo anfangen, wird gewaltig beklatscht, das Buch durchblättert, das sorgfältig eingeschlagene Blatt endlich gefunden, und nun geht's los: ›Dolce dell' anima etc.‹ – Das Talent der Fräulein Röderlein ist wirklich nicht das geringste. Ich bin nun fünf Jahre hier und viertehalb Jahre im Röderleinschen Hause Lehrer; für diese kurze Zeit hat es Fräulein Nanette dahin gebracht, daß sie eine Melodie, die sie nur zehnmal im Theater gehört und am Klavier dann höchstens noch zehnmal durchprobiert hat, so wegsingt, daß man gleich weiß, was es sein soll. Fräulein Marie faßt es schon beim achten Mal, und wenn sie öfters einen Viertelston tiefer steht, als das Piano, so ist das bei solch niedlichem Gesichtlein und den ganz leidlichen Rosenlippen am Ende wohl zu ertragen. – Nach dem Duett allgemeiner Beifallschorus! Nun wechseln Arietten und Duettinos, und ich hämmere das tausendmal geleierte Akkompagnement frisch darauf los.«

E. T. A. Hoffmann: Johannes Kreislers, des Kapellmeisters, musikalisches Leiden. I,27 f.

Unüberhörbar ist die Ironie, mit der Hoffmann in seinem Kunstmärchen *Klein Zaches genannt Zinnober* (1819) die »bildhübsche« Candida, die heiratsfähige Tochter des Naturforschers Mosch Terpin, beschreibt:

»Candida war, jeder mußte das eingestehen, ein bildhübsches Mädchen, mit recht ins Herz hinein strahlenden Augen und etwas aufgeworfenen Rosenlippen. Ob ihre übrigens schönen Haare, die sie in wunderlichen Flechten gar fantastisch aufzunesteln wußte, mehr blond oder mehr braun zu nennen, habe ich vergessen, nur erinnere ich mich sehr gut der seltsamen Eigenschaft, daß sie immer dunkler und dunkler wurden, je länger man sie anschaute. Von schlankem hohen Wuchs, leichter Bewegung, war das Mädchen, zumal in lebenslustiger Umgebung die Huld, die Anmut selbst, und man übersah es bei so vielem körperlichen Reiz sehr gern, daß Hand und Fuß vielleicht kleiner und zierlicher hätten gebaut sein können. Dabei hatte Candida Goethes Wilhelm Meister, Schillers Gedichte und Fouqués Zauberring gelesen, und beinahe alles, was darin enthalten, wieder vergessen; spielte ganz passabel das Pianoforte, sang sogar zuweilen dazu; tanzte die neuesten Francoisen und Gavotten, und schrieb die Waschzettel mit einer feinen leserlichen Hand. Wollte man durchaus an dem lieben Mädchen etwas aussetzen, so war es vielleicht, daß sie etwas zu tief sprach, sich zu fest einschnürte, sich zu lange über einen neuen Hut freute und zu viel Kuchen zum Tee verzehrte. Überschwenglichen Dichtern war freilich noch vieles andere an der hübschen Candida nicht recht, aber was verlangen die auch alles. Fürs erste wollen sie, daß das Fräulein über alles, was sie von sich verlauten lassen, in ein somnambüles Entzücken gerate, tief seufze, die Augen verdrehe, gelegentlich auch wohl was weniges ohnmächtle oder gar zur Zeit erblinde als höchste Stufe der weiblichsten Weiblichkeit. Dann muß besagtes Fräulein des Dichters Lieder singen nach der Melodie, die ihm (dem Fräulein) selbst aus dem Herzen geströmt, augenblicklich aber davon krank werden, und selbst auch wohl Verse machen, sich aber sehr schämen wenn es herauskommt, ungeachtet die Dame dem Dichter ihre Verse auf sehr feinem wohlriechenden Papier mit zarten Buchstaben geschrieben selbst in die Hände spielte, der dann auch seinerseits vor Entzücken darüber erkrankt, welches ihm gar nicht zu verdenken ist. Es gibt poetische Aszetiker, die noch weiter gehen und es aller weiblichen Zartheit entgegen finden, daß ein Mädchen lachen, essen und trinken und sich zierlich nach der Mode kleiden sollte. Sie gleichen beinahe dem heiligen Hieronymus, der den Jungfrauen verbietet Ohrgehänge zu tragen und Fische zu essen. Sie sollen, so gebietet der Heilige, nur etwas zubereitetes Gras genießen, beständig hungrig sein ohne es zu fühlen, sich in grobe, schlecht genähte Kleider hüllen, die ihren Wuchs verbergen, vorzüglich aber eine

Person zur Gefährtin wählen, die ernsthaft, bleich, traurig und etwas schmutzig ist! –
Candida war durch und durch ein heitres unbefangenes Wesen, deshalb ging ihr nichts über ein Gespräch, das sich auf den leichten luftigen Schwingen des unverfänglichsten Humors bewegte. Sie lachte recht herzlich über alles Drollige; sie seufzte nie, als wenn Regenwetter ihr den gehofften Spaziergang verdarb, oder aller Vorsicht ungeachtet, der neue Shawl einen Fleck bekommen hatte. Dabei blickte, gab es wirklichen Anlaß dazu, ein tiefes inniges Gefühl hindurch, das nie in schale Empfindelei ausarten durfte, und so mochte mir und dir, geliebter Leser! die wir nicht zu den Überschwenglichen gehören, das Mädchen eben ganz recht sein.«

E. T. A. Hoffmann: Klein Zaches genannt Zinnober. IV,33 f.

Im 19. Jahrhundert und zu Anfang des 20. waren Schriften, die der Pflege des ›guten Tons‹ dienten, sehr beliebt. Sie beriefen sich fast alle auf Adolph Freiherr Knigge, obwohl dessen letztes Werk, *Über den Umgang mit Menschen* (1796), im Geiste der Aufklärung geschrieben und am sittlichen Ideal des ›vir bonus‹ orientiert, keineswegs nur Regeln für korrektes Benehmen auflistet. Diese waren jedoch, wie ihre Parodie in romantischen Erzählungen offenbart, in der »guten, bürgerlichen Gesellschaft« des beginnenden 19. Jahrhunderts gefragt. Deshalb wird hier aus einem (ohne Jahresangabe, aber wohl viel später veröffentlichten) Benimm-Büchlein zitiert, das angeblich dem Kniggeschen Original folgt – mit diesem allerdings außer dem Titel wenig gemein hat.

»Was man wissen muß, wenn man Gesellschaften gibt

[...] Der Hausherr wird seine Gäste möglichst schon im Entreezimmer empfangen, wobei er die vornehmsten zuerst begrüßt, es aber gleichzeitig auch nicht an Höflichkeit gegen die anderen Gäste fehlen läßt.
Die Hausfrau wird sich besonders der Damen annehmen.

Man richtet in der Regel kleine Stuben zu Garderoben ein, wo die Herrschaften ihre Mäntel usw. ablegen können.
Hierbei pflegt die Hausfrau selbst oder ihre Töchter den Damen behilflich zu sein. Geht dies nicht, so weise man das Stubenmädchen oder die Jungfer zu dem Dienste an. [. . .]
Es ist Sache des Hausherrn, zum Spiel einzuladen, eventuell wenn es gewünscht wird, mitzuspielen und neue Partner herbeizuschaffen, sobald dieser oder jener Gast keine Lust mehr hat, an der Partie teilzunehmen, die übrigen Herren aber gern weiter spielen würden.
Zum Entree werden in der Regel Erfrischungen herumgereicht, eventuell ein Glas Wein.
Die Dienstperson hat jedem Gast davon anzubieten, doch ist es natürlich seine Sache, ob er die Erfrischungen annehmen will oder nicht. Ein Zureden dürfen sich die Dienstboten nicht erlauben.
Hat der Hausherr oder die Hausfrau Befehle an ihr Dienstpersonal zu erteilen, so geschehe dies in leiser, diskreter Weise.
Lautes Schelten wirkt unangenehm und verletzt die Gäste, weil es den Anschein erweckt, als ob die Gastgeber durch die Umstände, welche ihnen die Gesellschaft verursacht hat, in schlechte Laune geraten sind.
Meinungsverschiedenheiten unter den Gastgebern sollen nicht während der Gesellschaft erörtert werden. Dies verstößt gegen den guten Ton.
Die Gastgeber sollen in jeder Weise für die Unterhaltung ihrer Gäste sorgen.
Vielfach sind musikalische Vorträge beliebt.
Teeabende hatten von jeher einen geistreichen Anstrich. Sie sind im allgemeinen ungezwungener wie die herkömmlichen, immerhin doch etwas steifen Gesellschaften. Man ladet zu solchen Abenden gern Personen von künstlerischer Bedeutung ein, unterhält sich über Zeitfragen, Kunst und Literatur, und lernt so seine Nebenmenschen besser und intimer kennen, wie auf hundert Bällen. [. . .]
Kinder werden im allgemeinen nicht zu Gesellschaften ein-

geladen, auch pflegt man seine eigenen, soweit sie unerwachsen sind, davon auszuschließen.
Ausnahmen können aber stattfinden, jedoch nur in dem Falle, wenn man genau weiß, daß die Kinder nach ihrer Erziehung nicht gegen den guten Ton verstoßen.
Entstehen unerwartet Streitigkeiten zwischen den Gästen, muß man dieselben in ruhiger und unauffälliger Weise zu schlichten suchen.
Unter gebildeten, gut erzogenen Menschen werden sich solche Fälle wohl nur sehr selten ereignen, immerhin soll man wissen, wie man sich auch in einer derartigen, peinlichen Lage zu benehmen hat.
Vor den anderen Gästen ignoriert man die Sache möglichst, kommt es aber zu einem Auftritt, welcher die Aufmerksamkeit erregt, so muß man sich bei den Gästen entschuldigen.
Dasselbe verlangt der gute Ton, wenn etwa die Hausfrau plötzlich erkrankt, und sich früher wie man erwarten durfte, zurückziehen muß.
Die Gäste sollen so lange in dem gastlichen Hause verweilen, wie es ihnen beliebt; sie irgendwie zum Aufbruch nötigen, wäre unfein, ja könnte bisweilen direkt als Beleidigung aufgefaßt werden.
Nichts ist bedauerlicher, als wenn den Menschen, welche eine Gesellschaft besucht haben, ein unangenehmer Eindruck zurückbleibt.
In diesem Falle wäre es weit besser, man hätte die Gesellschaft gar nicht gegeben, da der Zweck doch ein verfehlter war. [. . .]

Wie benimmt man sich auf dem Balle

[. . .] Hält man im eigenen Hause einen Ball ab, muß man durch Ermunterung der jungen Leute dafür sorgen, daß möglichst jede junge Dame einen Tänzer findet.
Mauerblümchen sind immer ein trauriger Anblick, und sie wirken direkt peinlich, wenn es vielleicht gar die Töchter von Freunden und Bekannten sind.

Sind Söhne vorhanden, gebietet der gute Ton, daß sie zunächst die Töchter der vornehmsten Familien, welche geladen sind, zum Tanze auffordern.

Dann haben sie sich um diejenigen Damen zu bemühen, die schwer Tänzer finden. Ob dieselben häßlich oder schön sind, ihnen besonders oder gar nicht gefallen, spielt dabei keine Rolle.

Die jungen Männer haben in diesem Falle nur eine Pflicht der Höflichkeit zu erfüllen.

Ebenso hat man sich zu verhalten, wenn man in einem befreundeten Hause zu einem Balle eingeladen wird.

Sind Töchter vorhanden, muß man diese zuerst zum Tanze führen.

Später kann man dann auch nach Neigung seiner eigenen Wahl folgen.

Mit einer Schwester tanzt man nur im Notfall, wenn diese keinen Tänzer hat, und man selbst keine freie Tänzerin mehr findet.

Man hüte sich, einen Tanz zu vergessen, zu dem man eine Dame engagiert hat. Dieselbe sitzt und wartet, und schickt andere Bewerber fort. In den meisten Fällen wird sie eine derartige Vernachlässigung als große Beleidigung auffassen.

Wünscht eine Dame Erfrischungen, sorge man dafür, daß sie dieselben möglichst schnell erhält. Überhaupt gebietet die Höflichkeit dem Herrn, wenn es irgend angeht, jeden Wunsch der Dame zu erfüllen.

Mit Huldigungen sei man vorsichtig. Zarte Aufmerksamkeiten, welche die Grenzen des Anstandes nicht überschreiten, sind gestattet. Jede Zudringlichkeit wäre unfein und wirkt abstoßend. [. . .]

Für die Damen ergibt es sich eigentlich aus den Umständen von selbst, wie sie sich auf Bällen zu benehmen haben.

Schönheit ist eine Gabe; nicht jede besitzt sie, aber jede, die einen Ball besucht, möchte so schön wie möglich aussehen.

Wochen vorher wird oft das Ballkleid geprobt, und wenn es dann endlich so weit ist, findet man noch alles mögliche

auszusetzen, und die Schneiderin muß ändern und immer wieder ändern.
Ganz junge Mädchen sollen möglichst einfach erscheinen. Schneeglöckchen oder Maiglöckchen, Moosrosen oder Primeln sind für sie der passende Schmuck. Veilchen, obwohl auch eine Frühlingsblume, werden mehr von jungen Frauen getragen. Allzu häufig sieht man sie auch hier nicht.
Veilchen stehen nicht zu jedem Gesicht, haben auch nach der Geschichte eine traurige Bedeutung.
Den jungen Damen, die schon etwas älter sind, steht die ganze Flora zur Verfügung. Sie dürfen auch betreffs ihrer Toilette mehr Luxus entfalten.
Es ist aber eine bekannte Tatsache, daß die einfachsten jungen Damen oft die meisten Tänzer finden, und gerade wegen ihrer Schlichtheit überall gefallen.
Weit stärker als der Eindruck des äußeren Gewandes wirkt doch der Reiz der Persönlichkeit. Ein feines, liebenswürdiges Wesen, ein freundliches, heiteres Gesicht, wird mehr gesellschaftliche Erfolge erzielen, als das kostbarste Kleid, oder die formvollendetste Schönheit.
Hiermit dürfen sich diejenigen Damen trösten, die nicht schön sind, und vielleicht auch nicht reich genug, um andere an Toilettenpracht zu überstrahlen.
Allzu großes Entgegenkommen den Herren gegenüber wird den Damen oft als Koketterie ausgelegt.
Andererseits wirkt Kälte abstoßend und unter Umständen sogar direkt unhöflich. Dies letztere muß jedenfalls vermieden werden, denn auch die Damen sind den Herren gegenüber zu einer gewissen Höflichkeit verpflichtet.
Man erwartet allerdings von den Damen im allgemeinen etwas anderes, als die Innehaltung einer steifen Form.
Der gute Ton kann nicht genau den Grad der Liebenswürdigkeit vorschreiben, mit welcher eine Dame einem Herrn auf dem Balle begegnen darf.
Aber man erwartet Liebenswürdigkeit von ihr. Sie ist die Gewährende bei jedem Tanz, den sie vergibt. Sie schenkt etwas hin mit jedem Lächeln, mit jedem Blick.

»Sei liebenswürdig und du bist schön!« Das ist die Parole der klugen Mutter für ihre Tochter.

Möglichst zu gewähren und doch nie viel zu geben, das ist die Kunst, die niemand lehren kann, und die doch jede Dame, die gern und viel Gesellschaften besucht, üben muß.

Der Ruf eines jungen Mädchens ist sehr leicht beschädigt, und an bösen Zungen fehlt es in der Regel nicht, die jedes müßige Geschwätz weitertragen.

Ist eine Dame sehr kühl, so sucht man etwas darunter, wird sie in Herrengesellschaft auffallend lebhaft, dann muß es irgendeinen Grund haben.

Sehr häufig liegen diese Fehler im Temperament und sind darum schwer zu bekämpfen.

Allzu große Lebhaftigkeit wirkt manchmal störend und unfein, man kann sie wohl etwas im Zaume halten. Besonders das laute Lachen möge man vermeiden. Dies macht den Eindruck von schlechter Erziehung.

Kälte und Schüchternheit wird oft verwechselt, obwohl sie einen ganz verschiedenen Ursprung haben.

Kälte ist ein Ausdruck von Hochmut oder des verletzten Stolzes. Es ist eine Maske, die uns bisweilen durch ihre Starrheit erschreckt. Manchmal verbergen sich sehr leidenschaftliche Naturen dahinter. [. . .]

Schüchternheit findet man meist bei Kindern und jungen Mädchen. Ihr Ursprung liegt häufig in falscher Erziehung und in einem schwachen Nervensystem. [. . .]

Bei Damen, besonders bei ganz jungen Mädchen, wird der Fehler eher entschuldigt, schon darum, weil man ihn für ein vorübergehendes Übel hält.

Man soll die Schüchternheit mit aller Kraft seines Willens bekämpfen. Denn alle Vorzüge, die der Mensch etwa sonst besitzt, treten hinter diesem Fehler zurück, und werden entweder übersehen oder überhaupt nicht bemerkt.

Das beste Mittel gegen Schüchternheit ist natürlich, soviel wie möglich mit Menschen umzugehen. Je mehr man sich von der Welt abschließt, je schlimmer wird es.

Es gibt junge Damen, die immer nur ja oder nein sagen, und dadurch die Herren, welche sich alle Mühe geben, sie zu unterhalten, zur Verzweiflung bringen.
Man nennt diese Damen langweilig und doch gehören sie manchmal nicht zu den Dummen.
Sie besitzen bisweilen eine gewisse Beobachtungsgabe, mit der sie alles, was sie umgibt, sehr lebhaft auffassen und in sich selbst verarbeiten.
Darin liegt der Fehler.
Sie denken nicht daran, sich mitzuteilen. Sie vergessen, daß neben ihnen ein Herr sitzt, mit der wenig angenehmen Aufgabe belastet, sie unterhalten zu sollen, die sie gar nicht unterhaltungsbedürftig sind.
Hierin aber, daß die Dame sich dies merken läßt, liegt eine gewisse Verletzung der Höflichkeit gegen ihren Kavalier.
[...]
Im allgemeinen sind Damen den Herren in der Beherrschung gesellschaftlicher Formen weit voraus.
Dem weiblichen Geschlecht ist der Sinn für Äußerlichkeiten angeboren, und es sind immer nur einzelne unter ihnen, die wir mit einem Mangel in dieser Richtung belastet finden.
Besondere Talente können nicht jeder Frau von einer guten Fee in die Wiege gelegt werden, allein mit ihrer natürlichen Geschicklichkeit wird sie in den meisten Fällen verstehen, die Vorzüge, welche sie besitzt, in das rechte Licht zu setzen.
Ohne diese Fähigkeit könnten nicht mitunter anscheinend ganz unbedeutende Menschen resp. Frauen gesellschaftliche Erfolge erzielen, welche alle Welt überraschen.
Allerdings soll die beste Frau diejenige sein, von der man nicht spricht. Ob man diese aber auf Bällen findet, ist jedenfalls zweifelhaft.«

Adolph Frhr. von Knigge: Über den Umgang mit Menschen (1796). Nachdruck der Originalausgabe. Hrsg. von E. Bauck. Leipzig: Dieter [o. J.]. S. 96 bis 100, 184–191.

Der Arzt JOHANN CHRISTIAN REIL (1759–1813) vertritt in seinen *Rhapsodieen über die Anwendung der psychischen Curmethode auf Geisteszerrüttungen* die durchaus aktuelle Ansicht, daß jeder, der sich »mit der Heilung der Seelenkrankheiten befassen will«, in Personalunion »Arzt der Seele und Arzt des Körpers« zu sein habe; denn diese müßten »bald durch die psychische, bald durch die körperliche Curmethode, bald durch beide zugleich behandelt werden, [. . .] je nachdem der Körper oder die Seele zuerst litt, dieser oder jener Theil des Menschen hervorstechend afficirt ist« (S. 137). Als eine Art der »Geisteszerrüttungen« beschreibt Reil den »fixen Wahnsinn«, dessen Genese und Symptome gerade für Nathanaels Geschichte von Belang sind. Darüber hinaus zeugen Reils Darlegungen, auf die Hoffmann in seinen Erzählungen mehrmals zurückgegriffen hat, trotz ihres ganzheitlichen Ansatzes von den Schwierigkeiten, die die Psychiatrie im beginnenden 19. Jahrhundert bei der Diagnose der Krankheiten und vor allem bei ihrer Therapie zu bewältigen hatte:

»*Der fixe Wahnsinn besteht in einer partiellen Verkehrtheit des Vorstellungsvermögens, die sich auf einen oder auf eine Reihe homogener Gegenstände bezieht, von deren Daseyn der Kranke nicht zu überzeugen ist, und die daher die Freiheit seines Begehrungsvermögens beschränkt, und dasselbe gezwungen, seiner fixen Idee gemäß, bestimmt.* Beide Merkmale, fixe Ideen und subjektive Ueberzeugung, daß der Wahn Wahrheit sey, gehören wesentlich zur Charakteristik dieser Krankheit. [. . .] Ueber die Natur des fixen Wahns und seiner *psychologischen Entwickelung* aus dem Wesen unserer Seele habe ich wenig befriedigendes in den Schriften über die Seelenlehre gefunden. Das normale Verhältniß in der Dynamik der Theile des Seelenorgans ist verstimmt. Einige seiner Fasern sind zu reizbar, wirken hervorstechend, halten den aufgefaßten Gegenstand unwandelbar fest, associiren sich mit allen, auch heterogenen Erregungen, und erschöpfen die Summe der Kraft so sehr, daß keine andern Handlungen wirklich werden können. Die

Fortdauer erzeugt Fertigkeit, nach den Gesetzen der Gewohnheit. Die ungeübten Theile rosten ein. Die Seele ist genöthiget, das ihr unablässig aufgedrungne Object für Wahrheit zu halten, und in diesem Augenblick ist sie verrückt. Der Mensch hat eine natürliche Anlage zu dieser Krankheit, weil er schwerlich auch im gesunden Zustande ganz frey von fixen Ideen ist, die vor dem Richterstuhl der unbedingten Vernunft nicht passiren. Er läßt sie als Axiome stehn, ohne über ihre Haltbarkeit zu reflectiren, aus Gewohnheit, Bequemlichkeit, Schwäche des Alters oder aus überwiegender Stärke des Gefühlsvermögens und der Phantasie im Verhältniß zur Vernunft. [. . .] Ferner giebt es gewisse Gegenstände, an welche der Mensch sich mit Wärme hängt, weil sie mit seinem Interesse in enger Verbindung stehn und der Organismus hat die Eigenschaft, daß seine Aktionen um so leichter wiederkehren als sie oft wiederholt sind. Diese Gegenstände ziehn ihn ursprünglich durch ihr Interesse willkührlich an und halten ihn in der Folge, in dem Maaße, wie das Interesse verlöscht, durch die Gewohnheit gezwungen fest. Der Art sind despotische Staatsverfassungen, Inquisitionen, Tyranney der Pfaffen, Unglücksfälle, die uns als moralisches Wesen treffen, Beschimpfungen unserer Ehre, erlittenes Unrecht, Vorwürfe des Gewissens und Verlust solcher Personen, die durch die Bande des Bluts und der Freundschaft mit uns verbunden sind. Allein auch die bloße Gewohnheit kann Gefühle und Ideen fixiren, die ohne besonderes Interesse wegen einer äußeren Nothwendigkeit oft wiederholt werden. Ich habe einen alten Mann gekannt, der den größten Theil seines Lebens mit Korrekturen zugebracht hatte. Er dachte an nichts als an diesen Gegenstand, träumte des Nachts und phantasirte im Fieber davon. Zugleich muß man die Disposition des Menschen und seine äußeren Verhältnisse mit in Anschlag bringen. Leidenschaftliche Gegenstände gewinnen vorzüglich über Personen eine Herrschaft, die von Natur mißtrauisch, verschlossen und zu Grübeleien geneigt sind, voller Vorurtheile stecken, an Verstandes-Schwäche leiden und daher den waren Werth der Dinge zu schätzen nicht im Stande sind. Sie glauben leicht an Chimären, die mit der Erfüllung ihrer Wünsche in Verbindung stehn. Treffen vollends noch mit diesen inneren Zuständen äußere Verhältnisse z. B. Aufenthalt an öden Orten, Einsamkeit, einförmige Arbeit, Klosterleben u. s. w. zusammen, die die Phantasie wenig beschäfftigen, so entsteht der fixe Wahn um desto leichter. Dann hat der Mensch einen natürlichen Hang, sich in einem geträumten Zustand zu denken und in Beziehung auf denselben das Bewußtseyn seiner wahren Verhältnisse zu verleugnen. Das Kind spielt die Wochenfrau, den Soldaten oder König; wir ergötzen uns an den Fiktionen der Mahler, Dichter und Schauspieler, ja es macht uns selbst in den späteren Jahren des Lebens noch glücklich, uns eine Welt in der Phantasie zu schaffen, in welcher wir eine glänzendere Rolle als in der wirklichen spielen. Allein unsere Besonnenheit weist uns bald in unsere natürlichen Verhältnisse zurück. Wenn hingegen dieselbe durch Schwäche des Verstandes, durch eine hervorstechende Stärke der Phantasie, durch eine geschäfftslose Einsamkeit, einseitige Anstrengungen der Seele u. s. w. geschwächt wird; so kann dieser Hang zur Träumerey ein Keim des Wahnsinns werden und irgend eine romanhafte Idee fixiren. [. . .] Endlich geräth noch der eigensinnige Mensch zwischen dem inneren Triebe, sich selbst zu bestimmen und dem Gefühle der gezwungnen Bestimmbarkeit durch Außenverhältnisse ins Gedränge, weil er seine Vernunft verleugnet, die hier allein den Ausweg zeigen muß.

Bey der psychischen Kur dieser Geisteszerrüttung kömmt es bloß allein darauf an, *die fixe Vorstellung zu tilgen.* Mit ihr schwinden alle Triebe, Begierden und unstatthaften Handlungen, die von ihr, als von ihrer Quelle, ausströmen. Sobald dieselbe auch nur in längeren Zwischenräumen schweigt und dadurch der zitternden Saite einzelne Ruhepunkte verstattet werden; so vermindert sich ihre hervorstechende Reizbarkeit, in welcher die kranke Fertigkeit gegründet ist. Mit der Rückkehr des normalen Kraftverhält-

nisses im Seelenorgan kehren die Freiheit der Ueberlegung und die Bestimmung des Willens nach den Gesetzen der Vernunft zurück. Der Kranke ist im Stande, den Ungrund seiner fixen Vorstellung aufzusuchen, oder sie als etwas Gleichgültiges bey Seite zu setzen, bis sie allmählich von selbst verlöscht. Dazu gehört nun mancherley; Abstumpfung einer zu reizbaren Beschaffenheit des Körpers, die die Aufmerksamkeit des Hypochondristen zu sehr an denselben heranzieht; Entfernung der Gelegenheits-Ursachen im Körper und außer demselben z. B. Reize des Gemeingefühls, Gegenstände der Liebe, des Hasses; zweckmäßige Hülfen bey der frühsten Entwickelung der fixen Idee, damit sie nicht Wurzel fasse; endlich Vorschiebung solcher Objekte, die nächst dem fixirten das meiste Interesse für den Kranken zu haben scheinen [...].
Alle Ideen, die uns durch ihr Interesse fesseln, *verlöschen endlich durch die Zeit*, wenn sie durch einstweilige Vorfälle außer uns und nicht etwan durch permanente Gegenstände in und außer dem Körper erregt werden. In diesen Fällen kömmt daher alles darauf an, die Zeit zu gewinnen, die das Uebel zuverlässig heilt, ohne daß bis dahin, durch die überspannte Anstrengung des Gehirns, Verletzungen desselben entstehn, die ihrer Natur nach unheilbar sind. Wenn der Verlust irgend eines Glücksguts den Kranken fesselt; so kann die vorgespiegelte Hoffnung eines bedeutenden Gewinns, oder die Gefahr, ein anderes eben so großes Gut zu verlieren, ihn in ein Schwanken zwischen mehreren Objekten versetzen, wodurch die Fixierung auf eins verhütet wird. Der Verlust eines Kindes wird uns wahrscheinlich nicht fesseln, wenn wir in demselben Augenblick in Gefahr gerathen, ein zweytes durch Krankheit zu verlieren, das unsere Vorsorge erfordert und dessen langsame Genesung uns Ruhepunkte zur Erinnerung an den erlittenen Verlust verstattet, wodurch wir mit demselben familiarisirt werden. Ein Mensch, der durch einen unerwarteten Glücksfall erschüttert wird, kann dadurch gehalten werden, daß man denselben schmälert, ihn von der

Möglichkeit des Verlustes oder von der Gefahr eines andern Unfalls überzeugt.
Dann muß man den Kranken Gehorsam und Ehrfurcht für die Personen beibringen, die auf sie wirken sollen, ihre Besonnenheit wecken und sie nach den oben angegebenen Regeln zur Kur vorbereiten. Der Arzt muß sich ihrer Herzen bemeistern, bald durch Ernst und Strenge, bald durch Gelindigkeit und Theilnahme an ihren Schicksalen, wenn sie durch Unglücksfälle gebeugt sind. Dadurch wird er in den Stand gesetzt, entweder durch Gründe und sanfte Anmahnungen, oder durch Zwangsmittel, sie anhaltend zu einer Körper- oder Seelenarbeit zu bestimmen, die ihre fixen Ideen verdrängt und Intervalle herbeiführt, in welchen sie von selbst erlöschen. Die Arbeit muß mit Wechsel verbunden seyn, damit der Kranke nicht zu schnell seine fixen Vorsätze mit den unwandelbaren Gegenständen, die bald ihr Interesse verlieren, verweben könne. Sie muß seinen Kräften und Neigungen angemessen seyn, und dadurch ihn anziehn. Sind keine Gegenstände der Art aufzufinden, die durch ihr natürliches Interesse fesseln, so verschafft man ihnen ein erkünsteltes, durch vorgeschobne und scheinbare Gefahren. Alles dies gelingt in öffentlichen Anstalten besser als in Privathäusern.«

Johann Christian Reil: Rhapsodieen über die Anwendung der psychischen Curmethode auf Geisteszerrüttungen. Halle: Curt, 1803. S. 306–308; 319–327.

2. Auge und Automat

Eine der frühesten Darlegungen zum Verhältnis von Sehen und Erkennen findet sich in Platons (427–347 v. Chr.) spätem Dialog *Timaios*. Der Pythagoreer Timaios aus Lokroi in Unteritalien erläutert die Funktionen des Gesichtssinns im Zusammenhang eines umfassenden Mythos von der zielgerichteten Erschaffung des Menschen:

»Weil aber die Götter das, was vorn ist, für vorzüglicher und zur Herrschaft geeigneter hielten, als was hinten ist, verliehen sie uns den Hauptteil der Bewegung nach jener Richtung hin. Also mußte der Mensch die Vorderseite seines Körpers *von der Hinterseite* gesondert und verschieden haben. Darum fügten sie zuerst an des Kopfes Gefäß dorthin das Antlitz an und befestigten in ihm alle der Voraussicht der Seele dienstbaren Werkzeuge und ordneten an, daß dieses seiner Natur nach vorn Liegende an der Herrschaft teilhaben sollte. Unter den Sinneswerkzeugen bildeten sie zuerst die lichtbringenden Augen [. . .].«

Nun führt Timaios aus, auf welche Weise wir sehen und träumen. Der Herausgeber des Textes merkt dazu folgendes an:

»Der komplizierte Sehvorgang beruht nach Timaios auf dreierlei Arten von Feuer:
1. Tageslicht, 2. Feuer des Sehstrahls, 3. von den Dingen der Außenwelt ausgehendes Feuer (Farben . . .). Das Feuer des Sehstrahls verläßt das Auge, verbindet sich mit dem umgebenden Tageslicht und gestaltet sich in der Sehachse dort zu einem Körper, wo es mit den von den Dingen ausgehenden Strahlen zusammentrifft. Alle Bewegungen dieses neuen Körpers betreffen also auch den Sehstrahl und gelangen über ihn durch den Körper bis zur Seele und führen dort [. . .] zur Sinneswahrnehmung. [. . .] Die Traumbilder entstehen im Unterschied zu den Bildern der wirklich gesehenen Dinge nicht außerhalb von uns, sondern innerhalb. Erwacht man aus dem Schlaf und erinnert sich an sie, so erscheinen sie wie echte Bilder, also wie außerhalb entstanden.«

Schließlich gibt Timaios an, zu welchem Zweck uns die Götter die Augen geschenkt haben: diese ermöglichen die Erkenntnis der göttlichen Ordnung durch Betrachtung der »Umläufe der Vernunft am Himmel«, nach denen wir die

»Bahnen unseres eigenen Denkens« einrichten sollten, und begründen damit die Philosophie:

»Meiner Ansicht nach ist die Sehkraft für uns deshalb Ursache des größten Gewinns, weil ja wohl von dem jetzt über das All angestellten Betrachtungen keine je stattgefunden hätte, wenn wir weder die Sterne noch die Sonne noch den Himmel erblickt hätten. Nun aber haben Tag und Nacht, dadurch daß wir sie erblickten, und die Monate, der Jahre Umläufe, die Tag- und Nachtgleichen und Sonnenwenden die Zahl erzeugt und die Vorstellung der Zeit sowie die Untersuchung über die Natur des Alls uns gewährt. Und hieraus haben wir uns die Gattung der Philosophie verschafft, die das größte Gut ist, das je als Geschenk der Götter zu dem sterblichen Geschlecht kam oder kommen wird. Das erkläre ich für den größten Vorzug des Gesichtes.«

Platon: Studienausgabe. Hrsg. von Gunther Eigler. Bd. 7. Darmstadt: Wissenschaftliche Buchgesellschaft, 1972. S. 75–81 (45a–47b).

In Johann Heinrich Zedlers *Universal-Lexicon*, der umfangreichsten Enzyklopädie des 18. Jahrhunderts, sind am Ende des Eintrags »Auge« die folgenden Sätze abgedruckt:

»Aus den Augen ist die Art und Bewegung des Gemüths zu lesen, daher sie die Fenster der Seelen benennet werden. Diese Flüchtigkeit derer Augen ist ein Zeichen der Leichtsinnigkeit, das Augen-Winken der Arglistigkeit und Untreu. Freye offene Augen bedeuten ein edles Gemüth, kleine und tieffe Augen einen niedergeschlagenen Geist, lachende Augen einen freudigen, und zu Lust geneigten Muth, funckelnde Augen einen hefftigen Zorn und so weiter. Zween Augen-Apffel in einem Auge werden bey denen Tsinesern vor ein Zeichen ungemeinen Glücks gehalten. In geheimer Deutung ist das Auge ein Bild des Glaubens, dieweil es in die Ferne, und biß in den Himmel reichet; ingleichen der Klugheit, dieweil es den Menschen in allem seinen Thun und Wandel zu recht weiset.«

Johann Heinrich Zedler: Großes Vollständiges Universal-Lexicon. Bd. 2. Halle/Leipzig: Zedler, 1732. Sp. 2168.

Novalis, d. i. Friedrich von Hardenberg (1772–1801), beschreibt in einem seiner *Fragmente* (Vorarbeiten 1798) die Ausdrucksmöglichkeiten der Augen metaphorisch als »die Gebärdensprache des Gesichts«.

»Das *Augenspiel* gestattet einen äußerst mannichfaltigen Ausdruck. Die übrigen Gesichtsgeberden, oder *Minen*, sind nur die Consonanten zu den Augenvocalen. Physiognomie ist also die Geberdensprache des Gesichts. Er hat viel Physiognomie, heißt: sein Gesicht ist ein *fertiges*, *treffendes* und *idealisirendes* Sprachorgan. Die Frauen haben vorzüglich idealisirende Physiognomie – Sie vermögen die *Empfindungen* nicht blos wahr, sondern auch reitzend, und Schön, idealisch auszudrücken. Langer Umgang lehrt einen die Gesichtssprache verstehn. Die Vollkommenste Physiognomie muß *allg[emein] und abs[olut] verständlich* seyn. Man könnte die Augen ein *Lichtklavier* nennen. Das Auge drückt sich auf eine ähnliche Weise, wie die Kehle, durch höhere und tiefere Töne, die Vocale / durch schwächere und stärkere Leuchtungen aus. Sollten die Farben nicht die Lichtconsonanten seyn?«

Novalis: Werke, Tagebücher und Briefe Friedrich von Hardenbergs. Hrsg. von Hans-Joachim Mähl und Richard Samuel. Bd. 2. München: Hanser, 1978. S. 400.

In Ludwig Tiecks (1773–1853) Briefroman *Die Geschichte des Herrn William Lovell* (1795/96) verficht der Titelheld einen radikalen Subjektivismus. Getragen vom absoluten Ichgefühl, geht er weit über die idealistische Vorstellung hinaus, daß »der innere Sinn« die Wahrnehmung der Erscheinungen bestimmt und ihnen Zusammenhang verleiht, und setzt enthusiastisch auf die weltschaffende und -beherrschende Phantasie. Das in den Brief eingelegte Gedicht hat Tieck später unter dem kritischen Titel *Der Egoist* in sein lyrisches Werk (1823/24) aufgenommen.

»Freilich kann alles, was ich außer mir wahrzunehmen glaube, nur in mir selbst existieren. Meine äußern Sinne modifizieren die Erscheinungen, und mein innerer Sinn ordnet sie, und gibt ihnen Zusammenhang. Dieser innere Sinn gleicht einem künstlich geschliffenen Spiegel, der zerstreute und unkenntliche Formen in ein geordnetes Gemälde zusammenzieht.
Geh ich nicht wie ein Nachtwandler, der mit offenen Augen blind ist, durch dies Leben? Alles, was mir entgegenkommt, ist nur ein Phantom meiner innern Einbildung, meines innersten Geistes, der durch undurchdringliche Schranken von der äußern Welt zurückgehalten wird. Wüst und chaotisch liegt alles umher, unkenntlich und ohne Form für ein Wesen, dessen Körper und Seele anders, als die meinigen organisiert wären: aber mein Verstand, dessen erstes Prinzip der Gedanke von Ordnung, Ursach und Wirkung ist, findet alles im genausten Zusammenhange, weil er seinem Wesen nach das Chaos nicht bemerken *kann*. Wie mit einem Zauberstabe schlägt der Mensch in die Wüste hinein und plötzlich springen die feindseligen Elemente zusammen, alles fließt zu einem hellen Bilde ineinander – er geht hindurch und sein Blick, der nicht zurücke kann, nimmt nicht wahr, wie sich hinter ihm alles von neuem trennt und auseinanderfliegt.

Willkommen, erhabenster Gedanke,
Der hoch zum Gotte mich erhebt!
Es öffnet sich die düstre Schranke,
Vom Tod genest der matte Kranke
Und sieht, da er zum ersten Male lebt,
Was das Gewebe seines Schicksals webt.

Die Wesen *sind*, weil wir sie *dachten*,
In trüber Ferne liegt die Welt,

Es fällt in ihre dunkeln Schachten
Ein Schimmer, den wir mit uns brachten:
Warum sie nicht in wilde Trümmer fällt?
Wir sind das Schicksal, das sie aufrecht hält!

Ich komme mir nur selbst entgegen
In einer leeren Wüstenei.
Ich lasse Welten sich bewegen,
Die Element' in Ordnung legen,
Der Wechsel kommt auf meinen Ruf herbei
Und wandelt stets die alten Dinge neu.

Den bangen Ketten froh entronnen,
Geh ich nun kühn durchs Leben hin,
Den harten Pflichten abgewonnen,
Von feigen Toren nur ersonnen.
Die Tugend ist nur, weil ich selber bin,
Ein Widerschein in meinem innern Sinn.

Was kümmern mich Gestalten, deren matten
Lichtglanz ich selbst hervorgebracht?
Mag Tugend sich und Laster gatten!
Sie sind nur Dunst und Nebelschatten!
Das Licht aus mir fällt in die finstre Nacht,
Die Tugend *ist* nur, weil ich sie *gedacht*.

So beherrscht mein äußrer Sinn die physische, mein innerer Sinn die moralische Welt. Alles unterwirft sich meiner Willkür, jede Erscheinung, jede Handlung kann ich nennen, wie es mir gefällt; die lebendige und leblose Welt hängt an den Ketten, die mein Geist regiert, mein ganzes Leben ist nur ein Traum, dessen mancherlei Gestalten sich nach meinem Willen formen. Ich *selbst* bin das einzige Gesetz in der ganzen Natur, diesem Gesetz gehorcht alles. Ich verliere mich in eine weite, unendliche Wüste – ich breche ab.«

Ludwig Tieck: Die Geschichte des Herrn William Lovell. In: L. T.: Frühe Erzählungen und Romane. Hrsg. von Marianne Thalmann. München: Winkler, [2]1978. S. 353 ff.

Goethe hat sich des öfteren gegen den Gebrauch von Brillen, Mikroskopen oder Fernrohren ausgesprochen (z. B. im Gespräch mit Eckermann am 5. April 1830); als ein Teil des um sich greifenden »Maschinenwesens« verfälschten sie die natürlichen Fähigkeiten des »reinen Menschensinns«. Wie einer Passage aus *Wilhelm Meisters Wanderjahren* (Fassung von 1821) zu entnehmen ist, können Wilhelm und Natalie den räumlichen Abstand im Gebirge durch ihre Fernrohre zwar überwinden und sich gegenseitig »genau und deutlich« erkennen, aber ein weiteres Sondieren mit diesen Instrumenten, die »durchaus etwas Magisches« haben, ist lebensgefährlich: es droht der Sturz in den Abgrund.

»Wenn wir uns bisher in dem metallreichen Gebirge aufgehalten, welches oben sanft und keineswegs wild anzusehen ist, geleitete man mich nun durch schroffe, kaum zu ersteigende Schluchten und Felsen; zuletzt gelangt' ich ganz oben auf eine Klippe, deren Gipfel nur einem einzigen Stehenden Raum gab, welcher, in die greuliche Tiefe hinabschauend, gewaltsame Bergströme durch schwarze Klüfte schäumen sah. Diesmal blickt' ich ohne Schwindel und Schauder hinab, es war mir leicht zu Mute; nun aber richtete sich meine Aufmerksamkeit auf gegenüberstehende gleich gähstotzige [abschüssige] Felsen, deren Gipfel jedoch größere Flächen und Räume darboten. Obschon durch eine ungeheuere Kluft getrennt drängten sich doch die gewaltigen Massen so nah heran, daß ich mit bloßen Augen ganz deutlich mehrere Personen oben versammelt erblicken konnte. Es waren meist Frauenzimmer, deren eine bis an den Rand hervortretend mich doppelt und dreifach für sie besorgt machte, als die völlige Überzeugung in mir aufging, es sei Natalie selbst. Die Gefahr eines solch unerwarteten Wiedersehens wuchs mit jedem Augenblick; grenzenlos aber, als mir ein Fernrohr vors Auge kam, das mir sie völlig heran, mich zu ihr völlig hinüber brachte. Sehrohre haben durchaus etwas Magisches. Wären wir nicht von Jugend auf gewohnt hindurch zu schauen, wir würden jedesmal wenn wir sie vors Auge nehmen schaudern und erschrecken. Wir sind es die erblicken und sind es nicht, ein Wesen ists, dessen Organe auf höhere Stufe gehoben, dessen Beschränktheit aufgelöst, das ins Unendliche zu reichen berechtigt ward.

Belauschen wir z. B. Weitentfernte durch ein solches Mittel, sehen wir sie harmlos-unschuldig vor sich hin, als einsam unbeobachtet handeln, so kann es uns wirklich bange werden, sie möchten uns entdecken und wegen verräterischer Zudringlichkeit beleidigt zürnen.

Und so bedrängte mich gleichfalls ein seltsam Gefühl zwischen Näh und Ferne zu schwanken und von Augenblick zu Augenblick beides zu verwechseln.

Auch jene waren uns gewahr worden, woran das Zeichen mit einem weißen Schnupftuch nicht zweifeln ließ. Einen Augenblick säumt' ich es zu erwiedern, denn ich fand mich ganz in der Nähe des angebeteten Wesens. Dies ist ihre reine, holde Gestalt, ihre schlanken Arme, die mir eins so hülfreich erschienen und mich, nach unseligen Leiden und Verworrenheiten, endlich doch, wenn auch nur für Augenblicke, teilnehmend umfaßten.

Ich bemerkte ganz deutlich, daß auch sie ein Sehrohr hielt und zu mir herüberschaute; da verfehlt' ich denn nicht, durch Zeichen, wie sie mir bereit waren, den Ausdruck einer treuen und herzlichen Anhänglichkeit auszusprechen.

Und wie die Erfahrung gibt, daß ferne Gegenstände, die wie durch ein Sehrohr deutlich erkannt, sich auch nachher dem bloßen Auge als in deutlicher Nähe bestimmt offenbaren, es sei nun daß genauere Kenntnis den Sinn geschärft, oder daß Einbildungskraft was ihm abgeht ersetze; genug, die Teure sah ich so genau und deutlich als zu erreichen, ob ich gleich ihre Gesellschaft noch nicht zu erkennen vermochte. Indem ich mich nun auch hierum bemühte, und mich nach ihr um destomehr bestrebte, da drohte der Abgrund mich zu verschlingen, hätte nicht eine hülfreiche

Hand mich ergriffen und zugleich der Gefahr, wie dem schönsten Glück entrissen.«

Johann Wolfgang Goethe: Wilhelm Meisters Wanderjahre (1821). In: J. W. G.: Sämtliche Werke nach Epochen seines Schaffens. Münchner Ausgabe. Hrsg. von Karl Richter in Zsarb. mit Herbert G. Göpfert [u. a.]. Bd. 17. München: Hanser, 1991. S. 149 f.

Nachdem sich Wilhelm Meister »das Glücksgestirn« Jupiter »durch ein vollkommenes Fernrohr« des Astronomen angeschaut hat, teilt er diesem seine kritische Einschätzung der optischen Geräte in Hinsicht auf ihre »sittliche Wirkung« mit:

»›Ich begreife recht gut, daß es euch Himmelskundigen die größte Freude gewähren muß, das ungeheure Weltall nach und nach so heranzuziehen wie ich hier den Planeten sah und sehe. Aber erlauben Sie mir es auszusprechen: ich habe im Leben überhaupt und im Durchschnitt gefunden, daß diese Mittel, wodurch wir unsern Sinnen zu Hülfe kommen, keine sittlich günstige Wirkung auf den Menschen ausüben. Wer durch Brillen sieht, hält sich für klüger als er ist, denn sein äußerer Sinn wird dadurch mit seiner innern Urteilsfähigkeit außer Gleichgewicht gesetzt; es gehört eine höhere Kultur dazu, deren nur vorzügliche Menschen fähig sind, inneres Wahres mit diesem von außen herangerückten Falschen einigermaßen auszugleichen. So oft ich durch eine Brille sehe, bin ich ein anderer Mensch und gefalle mir selbst nicht; ich sehe mehr als ich sehen sollte, die schärfer gesehene Welt harmoniert nicht mit meinem Innern und ich lege die Gläser geschwinder wieder weg, wenn meine Neugierde, wie dieses oder jenes in der Ferne beschaffen sein möchte, befriedigt ist.‹
Auf einige scherzhafte Bemerkungen des Astronomen fuhr Wilhelm fort: ›Wir werden diese Gläser so wenig als irgend ein Maschinenwesen aus der Welt bannen, aber dem Sittenbeobachter ist es wichtig zu erforschen und zu wissen, wo-

her sich manches in die Menschheit eingeschlichen hat, worüber man sich beklagt. So bin ich z. B. überzeugt, daß die Gewohnheit Annäherungsbrillen zu tragen an dem Dünkel unserer jungen Leute hauptsächlich Schuld hat.‹«

Johann Wolfgang Goethe: Wilhelm Meisters Wanderjahre (1829). In: Ebd., S. 352 f.

In seiner »Märchennovelle« *Das Marmorbild* (1817) schildert Joseph von Eichendorff (1788–1857), wie sich unter den sehnsuchtsvollen Blicken des ›heranwachsenden‹ Florio die Statue der Venus, der römischen Göttin der Liebe und Fruchtbarkeit, allmählich belebt:

»So in Gedanken schritt er noch lange fort, als er unerwartet bei einem großen, von hohen Bäumen rings umgebenen Weiher anlangte. Der Mond, der eben über die Wipfel trat, beleuchtete scharf ein marmornes Venusbild, das dort dicht am Ufer auf einem Stein stand, als wäre die Göttin soeben erst aus den Wellen aufgetaucht und betrachte nun, selber verzaubert, das Bild der eigenen Schönheit, das der trunkene Wasserspiegel zwischen den leise aus dem Grunde aufblühenden Sternen widerstrahlte. Einige Schwäne beschrieben still ihre einförmigen Kreise um das Bild, ein leises Rauschen ging durch die Bäume ringsumher.

Florio stand wie eingewurzelt im Schauen, denn ihm kam jenes Bild wie eine langgesuchte, nun plötzlich erkannte Geliebte vor, wie eine Wunderblume, aus der Frühlingsdämmerung und träumerischen Stille seiner frühesten Jugend heraufgewachsen. Je länger er hinsah, je mehr schien es ihm, als schlüge es die seelenvollen Augen langsam auf, als wollten sich die Lippen bewegen zum Gruße, als blühe Leben, wie ein lieblicher Gesang erwärmend durch die schönen Glieder herauf. Er hielt die Augen lange geschlossen vor Blendung, Wehmut und Entzücken. –

Als er wieder aufblickte, schien auf einmal alles wie verwandelt. Der Mond sah seltsam zwischen Wolken hervor, ein stärkerer Wind kräuselte den Weiher in trübe Wellen, das

Venusbild, so fürchterlich weiß und regungslos, sah ihn fast schreckhaft mit den steinernen Augenhöhlen aus der grenzenlosen Stille an. Ein nie gefühltes Grausen überfiel da den Jüngling. Er verließ schnell den Ort, und immer schneller und ohne auszuruhen eilte er durch die Gärten und Weinberge wieder fort, der ruhigen Stadt zu; denn auch das Rauschen der Bäume kam ihm nun wie ein verständiges, vernehmliches Geflüster vor, und die langen, gespenstischen Pappeln schienen mit ihren weitgestreckten Schatten hinter ihm dreinzulangen.

So kam er sichtbar verstört in der Herberge an. Da lag der Schlafende noch auf der Schwelle und fuhr erschrocken auf, als Florio an ihm vorüberstreifte. Florio aber schlug schnell die Tür hinter sich zu und atmete erst tief auf, als er oben sein Zimmer betrat. Hier ging er noch lange auf und nieder, ehe er sich beruhigte. Dann warf er sich aufs Bett und schlummerte endlich unter den seltsamsten Träumen ein.«

Joseph von Eichendorff: Das Marmorbild. In: J. v. E.: Werke und Schriften in 4 Bdn. In Verb. mit Siegfried Grosse hrsg. von Gerhart Baumann, Bd. 2. Stuttgart: Cotta, 1957, S. 318 f.

In E. T. A. Hoffmanns Erzählung *Die Automate* (1814) unterhalten sich »die beiden akademischen Freunde Ludwig und Ferdinand« über einen sprechenden Automaten im Gewande eines Türken; dieser beherrscht die Diskussion in der Stadt, weiß er doch auf beliebige Fragen recht individuelle Antworten zu geben und »mystische Blick[e] in die Zukunft« zu werfen:

»Beide mußten zu ihrer Schande eingestehen, den Türken noch nicht besucht zu haben, ungeachtet es gewissermaßen zum guten Ton gehörte hinzugehen, und die mirakulösen Antworten, die man auf verfängliche Fragen erhalten, überall aufzutischen. ›Mir sind‹, sagte Ludwig, ›alle solche Figuren, die dem Menschen nicht sowohl nachgebildet sind, als das Menschliche nachäffen, diese wahren Standbilder eines lebendigen Todes oder eines toten Lebens, im höchsten

Grade zuwider. Schon in früher Jugend lief ich weinend davon, als man mich in ein Wachsfigurenkabinett führte, und noch kann ich kein solches Kabinett betreten, ohne von einem unheimlichen grauenhaften Gefühl ergriffen zu werden. Mit Macbeths Worten möchte ich rufen: ›Was starrst du mich an mit Augen ohne Sehkraft?‹ wenn ich die stieren, toten, gläsernen Blicke all der Potentaten, berühmten Helden und Mörder und Spitzbuben auf mich gerichtet sehe, und ich bin überzeugt, daß die mehrsten Menschen dies unheimliche Gefühl, wenn auch nicht in dem hohen Grade wie es in mir waltet, mit mir teilen, denn man wird finden, daß im Wachsfigurenkabinett auch die größte Menge Menschen nur ganz leise flüstert, man hört selten ein lautes Wort; aus Ehrfurcht gegen die hohen Häupter geschieht dies nicht, sondern es ist nur der Druck des Unheimlichen, Grauenhaften, der den Zuschauern jenes Pianissimo abnötigt. Vollends sind mir die durch die Mechanik nachgeahmten menschlichen Bewegungen toter Figuren sehr fatal, und ich bin überzeugt, daß euer wunderbarer geistreicher Türke mit seinem Augenverdrehen, Kopfwenden und Armerheben mich wie ein negromantisches [weissagendes] Ungetüm vorzüglich in schlaflosen Nächten verfolgen würde. Ich mag deshalb nicht hingehen, und will mir lieber alles Witzige und Scharfsinnige, was er diesem oder jenem gesagt, erzählen lassen.‹«

E. T. A. Hoffmann: Die Automate. III,330 f.

Im Schlußbild von Federico Fellinis Spielfilm *Casanova* (1976) dreht sich der Titelheld, vom Regisseur als »eine elektrifizierte Marionette« mit dem zwanghaften »Eros einer menschlichen Kolbenmaschine« bezeichnet, mit einer mechanischen Puppe auf dem zugefrorenen Canal Grande. Dem Greis, der an seinem Mythos eines unermüdlichen Liebhabers bastelt, zeigt sich in einer letzten Vision, was seinem Wesen entspricht: Eiseskälte und Leblosigkeit.

»*Winterliches Venedig. Außen. Nacht.*
Der Canal Grande ist eine öde Eisfläche, gesäumt von lebhaften Halbschatten, unnatürlicher, klarer Dunkelheit.

Die Palazzi, die Kirche, die Brücken sind beklemmende märchenhafte Bauten mit schneebedeckten kindlich-sinnlichen Rundungen.
Eine Gestalt in schwarzem Mantel geht mit unbekümmerten, sicheren Schritten auf dem Eis dahin.
Mitten auf der Eisfläche macht sie halt, kniet nieder und betrachtet durch die Eisdecke den schwarzen Frauenkopf, der, dort unten gefangen, unverwandt mit weitaufgerissenen Augen heraufstarrt.
Durchsichtige Wolken ziehen am Mond vorbei.
Neben dem kauernden Mann bleibt eine weibliche Gestalt stehen; man sieht nur die hohen Stiefel unter der gotischen Tunika. Der Mann wendet ihr langsam das Gesicht zu und sieht sie an, sanft mit verschmitzter Vertraulichkeit lächelnd: es ist Casanova, das Gesicht geglättet, erstarrt in verhexter, gräßlicher Jugendlichkeit.

CASANOVA (flüstert): Isabella!

Auf einmal wird das eisige Dunkel von weiblichen Wesen belebt, die erscheinen und verschwinden, winken und sich abwenden, sich herandrängen und sich zurückziehen. Umflattert von dieser undeutlichen flüchtigen Belagerung, folgt Casanova bald diesem Trugbild, bald jenem mit der ausdruckslosen Bestimmtheit eines Schlafwandlers.
Eine glänzende Kutsche, reich verziert mit barocken Goldfiguren, gezogen von vier weißen Pferden, hält auf dem Eis. Ein Schlag öffnet sich mit nicht endenwollender Langsamkeit.
Casanova ist zusammengefahren und betrachtet wie versteinert die königliche Erscheinung.
Aus der Kutsche lächeln ihm der Papst und seine Mutter mit heiterer warnender Duldsamkeit zu.
Im Dunkel, das jetzt von Lichtströmen aufgehellt wird, erkennt man eine unbewegliche kleine Frauengestalt. Casanova tritt zu ihr heran und streichelt sie zärtlich; das Geschöpf erwacht mit kleinen schaukelnden, ruckartigen Bewegungen zum Leben; es ist die mechanische Puppe, die sich umdreht und Casanova in andeutungsweiser kalter

Standfoto aus dem Film »Casanova« von Federico Fellini

Zärtlichkeit die Arme entgegenstreckt. Mit abgehackten Bewegungen, die von der Dunkelheit in eine mühsame undeutliche Pantomime verwandelt werden, lädt die Puppe Casanova ein, ihr zu folgen und entfernt sich mit langen marionettenhaften Schritten. Der Gefährte folgt ihr, ein sanfter vertrauensvoller Zombie.
In der Mitte der großen öden Eisfläche angelangt, beginnt die mechanische Frau, von Casanova begleitet, sich um sich selbst zu drehen.
Um die blutunterlaufenen Augen des greisen Casanova ziehen sich die Falten zusammen in einem Lächeln, der Blick bleibt unbewegt.
Casanova und die Puppe, die Köpfe einander zugeneigt in gezierter Unbeweglichkeit, wie verzaubert, die Blicke gesenkt über einen öde lächelnden Abgrund schweifend, sie drehen und drehen und drehen sich, funkelnd, verloren in tödlichem Dunkel.«

Federico Fellini: Casanova. Drehbuch. Zürich: Diogenes Verlag, 1977. S. 176 f. –

Daß Günter Kunert (geb. 1929) mit seiner Geschichte *Olympia Zwo* (1984) auf den *Sandmann* anspielt, deutet er schon mit ihrem Titel an; aber auch die Wunschprojektionen eines einsamen Mannes und der Einbruch des Phantastischen in den kleinbürgerlichen Alltag lassen sich einer Erzähltradition zuordnen, die Hoffmann mitbegründet hat.

Olympia Zwo

Völlig unvermittelt: In dieser Weise und von diesen beiden Worten genau gekennzeichnet geschah es. Wie jeden Abend hatte Wilhelm Zwart den Fernseher eingeschaltet, kurz vor Nachrichtenbeginn und der Gewohnheit folgend, von der nicht einmal seine Hand mehr wußte, die den Einschaltknopf betätigte. Schon vollendete der Sekundenzeiger die letzte Umkreisung des Zifferblattes, schon fuhren Buchstaben von rechts und links herbei, um Schriftbild zu werden,

und wurden selber gleich abgelöst von der Ansagerin, einer blonden, undurchsichtig lächelnden Person, deren Lider eine Spur zu zweideutig gesenkt waren, um zu den ernsten Worten der Meldungen zu passen.
Zwart begrüßte sie, während er sich ein Glas mit Bier füllte und den Hosenbund aufknöpfend vor dem Apparat Platz nahm, mit einem stereotypen: »Guten Abend, du Schöne!« Kaum saß er jedoch im Sessel, öffnete sie die immens roten, scharf umrandeten Lippen und sagte:
»Guten Abend, Herr Zwart!« Anschließend las sie die ersten Neuigkeiten vor.
Herr Zwart hockte in den abgeschabten Polstern, die Hand mit dem Glas halb erhoben und rührte sich nicht. Er konnte sich an keinen Moment innerhalb der letzten Jahre erinnern, von dem er ähnlich betroffen gewesen wäre und dem er derart lange nachgehangen und nachgelauscht hätte. Ohne daraus getrunken zu haben, stellte er das Glas neben sich auf den niedrigen Rauchtisch, dessen verschrammte Platte mit zahllosen Ringen in Flaschenbodengröße übersät war: Schlüsselzeichen für eine Archäologie der Einsamkeit.
Nach Fotos von einem Flugzeugabsturz, dem immer gleichen oder gleichartigen, vom gierigen Blick hastig nach Leichen durchmustert, erschien die Ansagerin erneut. Zwart richtete sich auf und fragte mit unsicherer Stimme:
»Du hast doch nicht etwa mich gemeint, mein Schatz?« Sie präsentierte ihm ihr außerordentliches Lächeln, so daß Zwart den Zwang zur Erwiderung in den eigenen Mundwinkeln spürte. Ohne Tonwechsel sprach es aus dem Gerät:
»Aber selbstverständlich, Herr Zwart!«
»Dann entschuldigen Sie bitte, daß ich Sie geduzt habe!« Sie nickte ihm einverständig zu und berichtete über die Ergebnisse der Bremer Bürgerschaftswahl. Herr Zwart begriff nicht, wie sie ihn hatte hören können. Und außerdem noch selber zu ihm sprechen! War das denn überhaupt möglich? Daß seine technischen Kenntnisse dürftig und überholt seien, wurde ihm bedrückend bewußt. Man verstand nicht

mehr, was man doch Tag für Tag vor Augen hatte. Schon die Erfindung des Radios damals war ihm rätselhaft erschienen: daß man über unvorstellbare Entfernungen hinweg zu hören vermochte, wie jemand Geige spielte oder einen Vortrag hielt. Und er verdankte es eigentlich nur seinem Desinteresse an Geigenkonzerten und Vorträgen, daß ihn die ungeheuerliche Tatsache nicht beängstigt hatte. Aber daß man jetzt nicht nur in die Ferne sah, sondern auch selber gesehen wurde! Ein leichter Feuchtigkeitsfilm erschien auf seiner Stirn, denn es wurde ihm schockartig klar, in welch derangiertem Zustand er direkt vor der elektronischen Mona Lisa saß. Unauffällig, wie er jedenfalls hoffte, nestelte er an seinem Hosenbund, um den klaffenden Winkel, durch den sein Leib sich ins Freie wölbte, zu schließen, wußte gleichzeitig aber nur zu gut, wie vergeblich diese Mühe war. Im Sitzen nie zu schaffen! Als die Ansagerin für einige Sekunden dem Präsidenten von Ober-Volta wich, sprang Zwart auf, um »seine Kleider zu ordnen«, wie es früher auf meist lädierten und in Augenhöhe angeschraubten Emailleschildern in Pissoirs erbeten worden war. Beruhigt nahm er erneut Platz. Jetzt konnte er ihr begegnen, ohne sich schämen zu müssen, sobald sie sich wieder zeigen und ihre eindrucksvollen blauen Augen auf ihn richten würde. Sie kehrte jedoch vor der Wetterkarte und dem Spielfilm nicht mehr zu ihm zurück.

Als Zwart erkannte, daß er die nächsten neunzig Minuten sich selber überlassen wäre, ging er ins Bad und rasierte sich, obschon er diese Prozedur erst gestern früh an sich vollzogen hatte und eine abendliche Rasur ihm stets als Gipfel der Sinnlosigkeit und des Snobismus vorgekommen war. Unter dem Schaum traten seine Wangen, sein Kinn, der faltenwerfende Hals wie frisch ausgepackt ans Licht, rötlich schimmernd und von den Merkmalen des Greisenalters befreit. Sie hatte mit ihm gesprochen, wahr und wahrhaftig, und Zwart kam zu der Überzeugung, daß auf einem ihm gänzlich unvorstellbaren Weg sein allabendlicher Gruß, dieser stete, steinhöhlende Tropfen, sie erreicht und getroffen

haben mußte. Das grenzte ans Wunderbare. War das Wunderbare. War ein Wunder! Dem galt es in gebührendem Aufzug zu begegnen.
Zwart entnahm einem Kommodenfach ein lange nicht mehr getragenes Oberhemd, dessen Falten einen übermäßigen Härtegrad angenommen hatten, daß er fast fürchtete, beim Überziehen könne es an diesen Stellen auseinander brechen. Dann trat er vor den Kleiderschrank, öffnete die Spiegeltür und nahm seinen besten Anzug vom Bügel. Zwar hatte das Schwarz des Tuches mit der Zeit einen leicht bräunlichen Schimmer angenommen, aber das würde wohl kaum bemerkt werden. Während er die Hose überzog und den Bund zurechtnestelte, merkte er, daß sie ihm, wie es fälschlicherweise immer heißt, *zu eng* geworden war, als wäre nicht er im Laufe der Jahrzehnte einfach zu dick geworden. Das Jackett spannte ebenfalls, wo es nur konnte und sträubte sich dagegen, zugeknöpft zu werden, aber Zwart zeigte sich den Dingen gegenüber erbarmungslos. Ihr gehört mir und habt zu parieren! sagte er aufstampfend, schloß jedoch das Jackett vorsichtshalber nur auf dem oberen Knopf und musterte sich im Spiegel. Er erblickte einen älteren, dezent gekleideten Herrn mit fülligem weißem Haar, wie man ihn auf Werbeanzeigen von Lebensversicherungen finden mochte: *Genießer seines Lebensabends*, oder was sonst unter derartigen Täuschungen zu stehen pflegte, denn von Genuß konnte bei Zwarts Existenz keine Rede sein. Wenn man schon von Lebensabend reden wollte, dann konnte man nur jene in unzählbare Stunden zerfallende Phase meinen, von denen eine der anderen glich. Sobald man das Gestern betrachtete, zerfiel es in lauter Stückchen und Bröckchen, ohne rechten Zusammenhalt, keines stand mit dem andern in sichtbarer Verbindung, alles wirkte zusammengewürfelt und widersprüchlich und ähnelte durchaus dem Mischmasch des Fernsehprogramms.
Fernsehprogramm! Hastig band Zwart den Schlips um und schlang die schmale Seite zu einem formlosen Knoten: Gleich müßte die junge Frau zu ihm zurückkommen, denn

aus dem Wohnzimmer steigerte sich die Musik zur Apotheose: Der Filmschluß kündigte sich an. Dann würde sie wieder mit ihm sprechen. Sich mit ihm unterhalten. Mit ihm Worte wechseln, und daß sie ihn dazu auserwählt hatte, wo sie doch die Auswahl unter Millionen und Abermillionen Zuschauern besaß, das machte ihn stolz. Auserwählt; so konnte man sich getrost bezeichnen.
Doch schon auf dem Rückweg ins Wohnzimmer fiel Zwart ein, daß sein Erwähltsein auf mehr als optischen Gründen basieren müsse. Schließlich hatte sie ihn beim Namen genannt – woher wußte sie den eigentlich? Logische Schlußfolgerung: Sie hatte über ihn Informationen eingeholt, was eine weitere Schlußfolgerung nach sich zog: daß ihr Interesse an seiner Person außergewöhnlich sein mußte. Niemand macht sich die Mühe, Kenntnisse über einen anderen Menschen zu erlangen, wenn er nicht wichtige Gründe dafür hat.
Während Zwart ins Wohnzimmer zurückeilte, kämpfte er mit zwei nicht zu vereinbarenden Überlegungen. Mit einem raschen Blick überflog er sein kahles Wohnzimmer und überlegte angespannt, wie er von der Trostlosigkeit des Raumes durch irgendetwas Dekoratives ablenken könne, doch wurde diese Überlegung ständig von der Suche nach den geheimen Motiven der Ansagerin gestört. Am besten schnell ein Bild an die Wand. Aus dem Schlafzimmer der Öldruck mit dem Matterhorn. Ob sie etwas über sein Dasein erfahren hatte, etwas Wesentliches, was nur für sie, nicht aber für ihn bedeutungsvoll war und an das er sich nicht zu erinnern vermochte? Möglicherweise handelte es sich um ein Ereignis, das ihm selber banal und gleichgültig, anderen hingegen beeindruckend und faszinierend vorkam. Nur wollte ihm nichts derartiges aus seinem Leben einfallen, und außerdem entzog sich auch der Hammer seiner hektischen Suche, von einem Nagel ganz zu schweigen. Man müßte sich wohl mit fremden Augen betrachten, um eine andere Gewichtung aller individuellen Geschehnisse vornehmen zu können, aber gerade das erwies sich als das

Unmögliche schlechthin. In seinen Gedanken störte ihn das Schmettern der Fanfaren auf, mit denen sich der Film endlich dem Ende entgegenneigte. Schweißbedeckt stürzte Zwart ins Wohnzimmer zurück, einen panischen Blick in die Runde werfend, ob sich ihm nicht ein freundlicher Gegenstand zeige, mit dessen Hilfe er eine kultivierte Atmosphäre vortäuschen könnte. Zumindest Bierflasche und Glas mußten vom Tisch verschwinden, diese entlarvenden Kennzeichen einer Dutzendexistenz. Bücher! Er würde ein paar Bücher auf die Ringmuster der Platte legen, als habe er eben in einem literarischen Werk geblättert, die Sendung ignorierend und nur ihr Erscheinen erharrend. Mit unruhigen Fingern durchwühlte er, blind vor Aufregung, seinen Bücherbestand. Goethe, oh ja. Goethe war immer gut, Goethe legte Zeugnis ab für eine gewisse geistige und menschliche Gediegenheit seines Besitzers. Goethe verwies jedoch auch auf sein Alter, denn wer las heute schon noch Goethe? Etwas Modernes sollte unbedingt dazu plaziert werden und Gegenwartsbewußtsein demonstrieren. Ob sie mich vielleicht mag, fragte er sich plötzlich, fast mit einem inneren Erschrecken, denn er hatte einmal in einem dieser vergilbenden Bücher gelesen, es gäbe Mädchen, die sich ausschließlich zu reiferen Männern hingezogen fühlten. Magisch sogar! Eilig raffte Zwart einige Bücher zusammen und kam gerade noch zurecht, die Bände mit dem Rücken zum Bildschirm aufzustapeln und selber eine lässige Pose einzunehmen, bevor die Ansagerin bunt aufleuchtete. Zwart deutete in seinem Sessel eine Verneigung an und sagte:
»Guten Abend, meine Verehrteste!« Zugleich durchwallte ihn wohlig die Überzeugung, daß er jetzt den dieser besonderen Begegnung entsprechenden Eindruck machte.
Wieder das sphinxhafte, dennoch ansteckende Lächeln, eine Spur schwächer vielleicht als vordem. Keine Reaktion auf seinen Gruß. Vielmehr die Ansage einer Unterhaltungssendung, und ehe Zwart zu einem neuen Anknüpfungsversuch ansetzte, war sie schon wieder erloschen. Er war enttäuscht und tröstete sich damit, daß sie zu dieser späten Stunde

wohl zu müde für weitere Kontakte sei. Bis er sich erhoben und die Bücherrücken wahrgenommen hatte. Unter Goethes »Faust«, als habe er exakt auf jenes darunter befindliche Werk hinweisen wollen, las sein Auge mit Entsetzen: *Das Sexualleben unserer Zeit*, von Dr. med. Iwan Bloch. Der erläuternde, ja die Lektüre geradezu entschuldigende Untertitel: »in seinen Beziehungen zur modernen Kultur«, war viel zu klein gedruckt, um vom Bildschirm her erkennbar zu sein.

Mein Gott, Zwart, was hast du da bloß angerichtet!

Seine Ungeduld, sein hirnloser Eifer, sich in ein besseres Licht setzen zu wollen, hatten genau das Gegenteil bewirkt. Zwart sank in den Sessel zurück und verbarg das Gesicht in den Händen: Wie konnte ihm nur ein derartiger Fehler unterlaufen! Er merkte auf einmal, daß er unbewußt begonnen hatte, sich einen Traum zurechtzuspinnen, der nun zerriß, zerflatterte, ein zartes und luftiges Muster, das sich auflöste und vom Dunkel des Zimmers restlos verschlungen wurde.

Erst das regellose Geflacker auf der Mattscheibe nach Sendeschluß weckte ihn aus der Lethargie. Entschlossen, das Mißverständnis brieflich aufzuklären, formulierte er für sich selber einleuchtende und um Verzeihung bittende Sätze, flocht sogar die Notlüge ein, besagtes Blochsches Werk geerbt, es nur aus Pietät aufgehoben und niemals gelesen zu haben. Er betonte seine Neigung zu allem Höheren, zum Idealen, zum Edlen und Schönen, was sie, die Ansagerin, allabendlich seinem an ihr Bild oder an sie selber gerichteten Gruß habe unbedingt entnehmen dürfen. Noch in der gleichen Nacht gegen Morgengrauen verfaßte Zwart das Schreiben, kritzelte die Adresse des Fernsehsenders unter den unvergeßlichen Namen und schlich im frühen Dämmerlicht auf die Straße und zum nächsten Postkasten.

Jeden Morgen und die ganzen Vormittage hindurch horchte er auf den stumpfen Schritt des Briefträgers, ein eintöniges Stampfen, das nie vor seiner Tür anhielt. Jeden Abend nahm er den gewohnten Platz ein, sorgfältig frisiert und ge-

kleidet, anstelle der Bücher ein zu keinen Mißverständnissen befähigtes Alpenveilchen auf dem Tisch, grüßte auch immer sehr höflich und dezent, wurde jedoch keines Gegengrußes mehr gewürdigt. Die Verbindung blieb unterbrochen. Doch damit vermochte Zwart sich nicht abzufinden. Er konnte und wollte nicht einsehen, daß ein unbeabsichtigter Verhaltensfehler schicksalsbestimmend sich auswirken und den Rest seines Lebens verdüstern sollte. Wenn er nur seinen bedauerlichen Mißgriff wahrheitsgemäß schildern dürfte, sie würde ihm bestimmt vergeben. Außerdem stammte Dr. Blochs Untersuchung aus dem Jahre 1906 und stilisierte alles Geschlechtliche zu anatomischen Befunden, zu biologischen Präparaten, was einem sowieso das Gefühl vermittelte, eher an einem trübseligen und von irgendwem verhängten Fatum körperlich teilzuhaben, statt an einem mit »Lust« zu bezeichnenden Vorgang.
Sogar das beabsichtigte er ihr mitzuteilen, nachdem er sich endlich zu ihr aufgemacht hatte und seine Rede memorierend durch die gläserne Trommel der Drehtür in eine mächtige Halle geriet, ohne daß ihn jemand beachtete. Wilhelm Zwart merkte instinktiv seine Chance: Die Straßenbahnmonatskarte in der andeutungsweise erhobenen Hand, so wie er andere hier ein- und ausgehen sah, die mit einem Ausweis gleichen Formats winkten, gelangte er an dem Tresen der Pförtner vorbei und überquerte eine nicht endenwollende Travertinfläche. Als wisse er genau Bescheid, schritt er auf eine rückwärtige Glastür zu und befand sich unerwartet auf dem Hof der Sendeanstalt zwischen lauter Autos. Er wandte sich an einen der Fahrer, von dem er hoffte, dessen Gleichgültigkeit gegenüber Besuchern möge Fragen erst gar nicht aufkommen lassen, und erkundigte sich nach dem Raum, von dem aus die Nachrichten in die Welt gehen. Offenkundig verirrten sich häufig Hausfremde zwischen den fensterlosen Betonbauten und mußten sich nach ihrem Ziel durchfragen, denn Herr Zwart erhielt gleich die gewünschte Auskunft.
Wenig später passierte er in einem dieser Gebäude mehrere

Eisentüren, bevor er in ein Dämmerlicht geriet, das die Sicht erschwerte. Ab und zu erklangen fern dumpfe Hammerschläge und unverständliche Rufe: In ihre Richtung tappte Zwart mit zunehmendem Herzklopfen. Zwischen schmalen Gängen aus haushohen Prospekten, straff über Holzplatten gespannten Leinwänden, beschmiert mit Zahlen und Buchstaben, traf er keinen Menschen. Vor seinen Füßen wanden sich dicke Kabel über den Boden, mit Klebestreifen festgehalten. Ihr schwarzer Glanz gemahnte an die Glätte von Kriechtieren, und Zwart überstieg sie mit extrem langen Schritten. Dann stand er in einer Lücke der Kulissen und schaute ins Studio, dessen Decke und ferne Ecken sich im Dunkel verloren. In Zwarts Einbildung besaß der gesuchte Raum den Umfang seines eigenen Wohnzimmers, und nun geriet er in eine Grenzenlosigkeit, in der er vor Aufregung kaum Gegenstände wahrnahm.
Da saß sie hinter ihrem Pult, geheiligt von dem Schimmer des nur auf sie gerichteten Lichtes, und die sanfte Miene trug das von Zwart so oft nachvollzogene Lächeln. Er verließ den Schutz der Kulissen und stolperte auf sie zu und bat um Entschuldigung für das Mißverständnis von neulich: Sie möge den leidigen Vorfall als ungeschehen betrachten. Und künftig wieder mit ihm reden. Er habe sonst niemanden zum Gesprächspartner, weil er allein lebe, wie sie ja wohl aus ihren Informationen über ihn wisse, und er zudem in seiner Wohngegend wie ein Fremder hause ...
Seine ohne Unterbrechung vorgetragene Ansprache rührte ihn selber dermaßen, daß er unbeabsichtigt und dennoch der Situation gerecht das Knie beugte und den Kopf neigte, in eine teils anbetende, teils unterwürfige Haltung knicksend, wodurch der Blickwinkel sich nach unten verschob und jene Ebene vor seine Augen geriet, die er daheim oft genug vermißt hatte. Doch unter dem Tisch gab es keine Schuhe, Füße, Knöchel, Waden und Knie, vom Rocksaum gerahmt, sondern nur eine Anzahl von Aluminiumstangen, durch Flügelmuttern miteinander fest verschraubt, verschiedenfarbige Drähte und eine winzige schwarze Öllache auf

dem Fußbodenbelag. Gleich darauf hörte er hinter sich näherkommende Stimmen, und er machte sich noch kleiner, kroch unter den Tisch, schloß die Augen und bettete seine heiße Stirn mit der grauenvoll klopfenden Ader in den kühlenden Schoß.

Günter Kunert: Zurück ins Paradies. Geschichten. München: Hanser, 1984. S. 118–127. –

Hans Magnus Enzensberger (geb. 1929) widmet eine seiner fortschrittskritischen Balladen aus dem *Mausoleum* dem Embryologen Lazzaro Spallanzani, den er als aufgeklärten »Triebtäter« darstellt. »Einer nie zuvor gedachten Klasse von Fragen nachsinnend«, schreckt dieser selbst vor den widerlichsten Experimenten nicht zurück. In der Tradition von Dantes *Inferno* fängt Enzensberger die gleichsam höllische Atmosphäre, die sie erzeugen, in Terzinen ein.

L. S. (1729–1799)

Der Abbé, ein hochfahrender Mann, *kleines Kinn,*
stechende Augen,
von elektrischem Temperament, doch ziemlich fett, besteigt
den Vesuv,
scharrt im Kraterfeld, um die frische Lava einzuverleiben

seinem berüchtigten Kabinett, darin Gekröse, Mißgeburten,
Würmer in Flaschen. Nach Spiritus riecht es, nach fauligem
Fleisch.
In die beißenden, ranzigen Schwaden mischt sich ein
Schwefeldunst.

Einer nie zuvor gedachten Klasse von Fragen nachsinnend,
handelt er, um die Antworten aufzufinden, zweckmäßig:
zweckmäßig
führt er Knochenschere, Skalpell, rotglühende Nadeln.
Wohin

fliegt die geblendete Fledermaus? Das Gehirn der
geschlachteten Kuh,

die Muskeln des toten Hundes, und die Lunge der
ertrunkenen Frau,
unter der Glasglocke atmen sie weiter, stundenlang.
Heureka!
rief ich aus, überwältigt von dieser unerwarteten Freude.
Man amputiere den Salamander, man verscheuche die
Aasfliegen,
man amputiere und amputiere und amputiere und
amputiere wieder:
Wachsen ihm Schwänz und Beine und Kiefer nach, auch
beim fünftenmal?
Regenwurm teile man längs und quer, in fünf Stücke. Man
köpfe ihn.
Die Folgen dieser Handlungen stelle man sorgfältig fest.
Dieses Geschöpf wird Ihnen, je gründlicher Sie sich mit ihm
befassen,
desto wunderbarer erscheinen. Sie gewinnen ihm neue
Seiten ab,
so fabelhaft, daß man fortan sagen wird: Schön wie ein
Regenwurm.
Seine Polemiken sind gefürchtet. Rücksichtslose Rancune
in Fußnoten, giftiger Zwist. Die Gelehrten belauern sich
wie Skorpione,
stechen plötzlich zu und sonnen sich dann knickrig in ihrem
Triumph.
Experimenteller Reflex: *Über die Verdauungsgeschäfte des*
Menschen
und verschiedener Thier-Arten. Nimm einen Schwamm,
knüpfe denselben
an einen Faden, verschlucke ihn, hol dir den Magensaft aus
dem Leib.
Reiß einer Katze nach dem Fraße den Magen heraus, vernäh
das Organ,
leg es in warmes Wasser und demonstriere so auf dem Tisch
die Verdauung der Leichen. *Etwas Schöneres kann es nicht*
geben.

Ein aufgeklärtes Jahrhundert. Aber von Aasfliegen wimmelt es.
Der Abbé ist ein Triebtäter. Molche kopuliert er mit Kröten:
monströse Vereinigungen. Aus den geöffneten Weibchen holt er den Laich,

dann schlachtet er Männchen, zapft ihre Milch ab, und pflanzt die Toten fort.
Dieses erstaunliche Schauspiel hat meine Phantasie beflügelt.
(Im selben Jahr konstruiert Réaumur in Paris eine *künstliche Mutter.*)

Er masturbiert einen Hund und spritzt einer Hündin das Sperma ein.
Ich kann aufrichtig sagen, daß mir ein lebhafteres Vergnügen
niemals zuteil ward. Das Tier wirft. (Bald folgt ihm die erste Frau.)

Ziemlich fett, von elektrischem Temperament, kleines Kinn:
Solche Beschreibungen besagen nicht viel, sowenig wie unser Brechreiz.
Die gärende Gelatine stinkt, der grünliche Schleim stockt in der Phiole,

es regt sich die *unerwartete Freude*, und auf dem befleckten Besteck
sitzen die Fliegen. Zweckmäßig verfolgt der Mensch sein Geschäft,
eine Tierart, die frohlockend voranschreitet. *Heureka!*

Die Folgen dieser Handlungen stelle man sorgfältig fest.

Hans Magnus Enzensberger: Mausoleum. Siebenunddreißig Balladen aus der Geschichte des Fortschritts. Frankfurt a. M.: Suhrkamp, 1975. S. 40 ff. –

V. Literaturverzeichnis

Ausgaben

Nachtstücke: Herausgegeben von dem Verfasser der Fantasiestücke in Callots Manier. 2 Teile. Berlin: Realschulbuchhandlung, 1817. [Tl. 1 erschien bereits 1816.]

E. T. A. Hoffmanns Sämtliche Werke. Hist.-krit. Ausg. mit Einl., Anm. und Lesarten von Carl Georg von Maassen. Bd. 3: Nachtstücke. Mit 9 Bildbeilagen und einem Faksimile. München/Leipzig: Georg Müller, 1909. ²1912. [Zit. als: Maassen.]

E. T. A. Hoffmann: Sämtliche Werke in 6 Einzelbänden. Bd. 1: Fantasie- und Nachtstücke. Nach dem Text der Erstdrucke, unter Hinzuziehung der Ausg. von Carl Georg von Maassen und Georg Ellinger, hrsg. und mit einem Nachw. vers. von Walter Müller-Seidel, mit Anm. von Wolfgang Kron und den Illustrationen von Theodor Hosemann zur ersten Gesamtausgabe von 1844/45. München: Winkler, 1960.

E. T. A. Hoffmann: Sämtliche Werke in 6 Bänden. Hrsg. von Wulf Segebrecht und Hartmut Steinecke unter Mitarb. von Gerhard Allroggen und Ursula Segebrecht. Bd. 3: Nachtstücke, Klein Zaches, Prinzessin Brambilla, Werke 1816–1820. Hrsg. von H. Steinecke unter Mitarb. von G. Allroggen. Frankfurt a. M.: Deutscher Klassiker Verlag, 1985.

Hohoff, Ulrich: E. T. A. Hoffmann: »Der Sandmann«. Textkritik, Edition, Kommentar. Berlin / New York: de Gruyter, 1988.

E. T. A. Hoffmann: Nachtstücke. Hrsg. von Gerhard R. Kaiser. Stuttgart: Reclam, 1990. (Universal-Bibliothek. 154.)

Quellen und Materialien

Hoffmann, E. T. A.: Briefwechsel. Ges. und erl. von Hans von Müller und Friedrich Schnapp. Bd. 2. Berlin 1814–1822. München 1968.

E. T. A. Hoffmann. Hrsg. von Friedrich Schnapp. München 1974. (Dichter über ihre Dichtungen. 13.)

E. T. A. Hoffmann in Aufzeichnungen seiner Freunde und Bekannten. Eine Sammlung von Friedrich Schnapp. Darmstadt 1974.

Das kalte Herz. Texte der Romantik. Ausgew. und interpr. von Manfred Frank. Frankfurt a. M. 1978.

Kluge, Carl Alexander Ferdinand: Versuch einer Darstellung des animalischen Magnetismus als Heilmittel. Berlin 1811.
Die lebendige Puppe. Erzählungen aus der Zeit der Romantik. Hrsg. und mit einem Nachw. von Rudolf Drux. Frankfurt a. M. 1986.
Pinel, Philippe: Traité médico-philosophique sur l'aliénation mentale, ou la manie. Paris 1801. Dt.: Philosophisch-medicinische Abhandlung über Geistesverwirrungen oder Manie. Wien 1801.
Reil, Johann Christian: Rhapsodieen über die Anwendung der psychischen Curmethode auf Geisteszerrüttungen. Halle 1803.
Schubert, Gotthilf Heinrich: Ansichten von der Nachtseite der Naturwissenschaft. Dresden 1808. Photomechan. Nachdr. Darmstadt 1967.
– Die Symbolik des Traumes. Faksimiledruck nach der Ausg. Bamberg 1814. Mit einem Nachw. von Gerhard Sauder. Heidelberg 1968.
Wiegleb, Johann Christian: Die natürliche Magie. 20 Bde. Berlin/ Stettin 1782 ff.

Darstellungen

1. Zum *Sandmann*

Auhuber, Friedhelm: In einem fernen dunklen Spiegel. E. T. A. Hoffmanns Poetisierung der Medizin. Opladen 1986. S. 55–75.
Belgardt, Raimund: Der Künstler und die Puppe. Zur Interpretation von Hoffmanns *Der Sandmann*. In: The German Quarterly 42 (1969), S. 686–700.
Brantly, Susan: Termographic Reading of E. T. A. Hoffmann's »Der Sandmann«. In: The German Quarterly 55 (1982), S. 324–335.
Delabroy, Jean: L'ombre de la théorie. (A propos de *L'Homme au Sable* de Hoffmann). In: Romantisme 9 (1979) Nr. 24, S. 29–41.
Drux, Rudolf: Marionette Mensch. Ein Metaphernkomplex und sein Kontext von E. T. A. Hoffmann bis G. Büchner. München 1986. S. 80–100.
Elling, Barbara: Die Zwischenrede des Autors in E. T. A. Hoffmanns »Sandmann«. In: Mitteilungen der E. T. A. Hoffmann-Gesellschaft 18 (1972) S. 47–53.
Ellis, John M.: Clara, Nathanael and the Narrator: Interpreting Hoffmann's »Der Sandmann«. In: The German Quarterly 54 (1981) S. 1–18.
Gendolla, Peter: Die lebenden Maschinen. Zur Geschichte der Maschinenmenschen bei Jean Paul, E. T. A. Hoffmann und Villiers de l'Isle-Adam. Marburg 1980. S. 164–189.

Giraud, Jean: E. T. A. Hoffmann et son lecteur. Procédés d'écriture et initiation à la poésie dans une page du »Sandmann«. In: Recherches germaniques 3 (1973) S. 102–124.

Hartung, Günter: Anatomie des Sandmanns. In: Weimarer Beiträge 23 (1977) H. 9. S. 45–65.

Hayes, Charles: Phantasie und Wirklichkeit im Werke E. T. A. Hoffmanns. Mit einer Interpretation der Erzählung »Der Sandmann«. In: Klaus Peter [u. a.]: Ideologiekritische Studien zur Literatur. Frankfurt a. M. 1972. (These. New York University Ottendorfer Studies. N. F. 5.) S. 169–214.

Hoffmann, Ernst Fedor: Zu E. T. A. Hoffmanns »Sandmann«. In: Monatshefte 54 (1962) S. 244–252.

Holbeche, Yvonne J. K.: Optical Motifs in the Works of E. T. A. Hoffmann. Göppingen 1975.

Kamla, Thomas A.: E. T. A. Hoffmann's »Der Sandmann«: The Narcissistic Poet as Romantic Solipsist. In: The Germanic Review 63 (1988) H. 2. S. 94–102.

Kaulbach, Friedrich: Das perspektivische Wirklichkeitsprinzip in E. T. A. Hoffmanns Erzählung »Der Sandmann«. In: Perspektiven der Philosophie. Neues Jahrbuch 6 (1980) S. 187–211.

Koebner, Thomas: E. T. A. Hoffmann: Der Sandmann (1816). In: Interpretationen. Erzählungen und Novellen des 19. Jahrhunderts. Bd. 1. Stuttgart 1988. (Reclams Universal-Bibliothek. 8413.) S. 257–307.

Köhn, Lothar: Vieldeutige Welt. Studien zur Struktur der Erzählungen E. T. A. Hoffmanns und zur Entwicklung seines Werkes. Tübingen 1966. S. 91–108.

Kremer, Detlef: »Ein tausendäugiger Argus«. E. T. A. Hoffmanns »Sandmann« und die Selbstreflexion des bedeutsamen Textes. In: Mitteilungen der E. T. A. Hoffmann-Gesellschaft 33 (1987) S. 66 bis 90.

Lehmann, Hans-Thies: Exkurs über E. T. A. Hoffmanns »Sandmann«. Eine texttheoretische Lektüre. In: Romantische Utopie – Utopische Romantik. Hrsg. von Gisela Dischner und Richard Faber. Hildesheim 1979. S. 301–323.

Matt, Peter von: Die Augen der Automaten. E. T. A. Hoffmanns Imaginationslehre als Prinzip seiner Erzählkunst. Tübingen 1971. S. 76–116.

McGlathery, James M.: E. T. A. Hoffmann. Mysticism and Sexuality. Part Two. Interpretation of the Tales. New York / Bern / Frankfurt a. M. 1985. S. 57–59.

Obermeit, Werner: »Das unsichtbare Ding, das Seele heißt.« Die

Entdeckung der Psyche im bürgerlichen Zeitalter. Frankfurt a. M. 1980. S. 104–126.

Orlowsky, Ursula: Literarische Subversion bei E. T. A. Hoffmann. Nouvelles vom »Sandmann«. Heidelberg 1988.

Prawer, Siegbert S.: Hoffmann's Uncanny Guest. A Reading of »Der Sandmann«. In: German Life and Letters 18 (1964/65) S. 297–308.

Preisendanz, Wolfgang: Eines matt geschliffnen Spiegels dunkler Widerschein. E. T. A. Hoffmanns Erzählkunst. In: E. T. A. Hoffmann. Hrsg. von Helmut Prang. Darmstadt 1976. (Wege der Forschung. 486.) S. 270–291.

Reuchlein, Georg: Bürgerliche Gesellschaft, Psychiatrie und Literatur. Zur Entwicklung der Wahnsinnsthematik in der deutschen Literatur des späten 18. und frühen 19. Jahrhunderts. München 1986. S. 323–348.

Rohrwasser, Michael: Coppelius, Cagliostro und Napoleon. Der verborgene Blick E. T. A. Hoffmanns. Ein Essay. Frankfurt a. M. 1991.

Schmidt, Jochen: Die Krise der romantischen Subjektivität. E. T. A. Hoffmanns Künstlernovelle »Der Sandmann« in historischer Perspektive. In: Literaturwissenschaft und Geistesgeschichte. Festschrift für Richard Brinkmann. Hrsg. von Jürgen Brummack [u. a.]. Tübingen 1981. S. 348–370.

Schwenck, Konrad: Ueber E. T. A. Hoffmann's Schriften. In: Hermes oder kritisches Jahrbuch der Literatur. Nr. XIX. Drittes Stück für das Jahr 1823. Leipzig 1823.

Scott, Walter: On the Supernatural in Fictitious Composition; and particularly on the Works of Ernest Theodore William Hoffmann. In: The Foreign Quarterly Review. Vol. I. London 1827, p. 60–98.

Slessarev, Helga: Bedeutungsanreicherung des Wortes: Auge. Betrachtungen zum Werke E. T. A. Hoffmanns. In: Monatshefte 63 (1971) S. 358–371.

Sommerhage, Claus: Hoffmanns Erzähler. Über Poetik und Psychologie in E. T. A. Hoffmanns Nachtstück »Der Sandmann«. In: Zeitschrift für deutsche Philologie 106 (1987) S. 513–534.

Stadler, Ulrich: Der Sandmann. In: Brigitte Feldges/U. S.: E. T. A. Hoffmann. Epoche – Werk – Wirkung. Mit je einem Beitrag von Ernst Lichtenhahn und Wolfgang Nehring. München 1986. S. 135–152.

Tatar, Maria M.: E. T. A. Hoffmann's »Der Sandmann«. Reflection and Romantic Irony. In: Modern Language Notes 95 (1980) S. 585–608.

Utz, Peter: Das Auge und das Ohr im Text. Literarische Sinneswahrnehmung in der Goethezeit. München 1990. S. 261–287.

Vietta, Silvio: Das Automatenmotiv und die Technik der Motivschichtung im Erzählwerk E. T. A. Hoffmanns. In: Mitteilungen der E. T. A. Hoffmann-Gesellschaft 26 (1980) S. 25–33.

Walter, Jürgen: Das Unheimliche als Wirkungsfunktion. Eine rezeptionsästhetische Analyse von E. T. A. Hoffmanns Erzählung »Der Sandmann«. In: Mitteilungen der E. T. A. Hoffmann-Gesellschaft 30 (1984) S. 15–33.

Wawrzyn, Lienhard: Der Automaten-Mensch. Hoffmanns Erzählung vom »Sandmann«. Mit Bildern aus Alltag und Wahnsinn. Auseinandergenommen und zusammengesetzt von L. W. Berlin 1976.

2. Im Zusammenhang mit Freuds Studie über *Das Unheimliche*

Aichinger, Ingrid: E. T. A. Hoffmanns Novelle »Der Sandmann« und die Interpretation Freuds. In: Zeitschrift für deutsche Philologie 95 (Sonderheft E. T. A. Hoffmann 1976) S. 113–132.

Cixous, Hélène: La Fiction et ses fantômes. Une lecture de l' »Unheimliche« de Freud. In: Poétique 10 (1972) S. 199–226.

Freud, Sigmund: Das Unheimliche (1919). In: S. F.: Studienausgabe. Bd. 4. Hrsg. von Alexander Mitscherlich [u. a.]. Frankfurt a. M. 1970. S. 241–274.

Hertz: Freud and the »Sandmann«. In: Textual Strategies. Perspectives in Post-Structuralist Criticism. Hrsg. von Josué V. Harari. Ithaca / New York 1979. S. 296–321.

Jennings, Lee B.: Blood of the Android: A Post Freudian Perspective on Hoffmann's »Der Sandmann«. In: Seminar. A Journal of Germanic Studies 22 (1986) H. 2, S. 95–111.

Kittler, Friedrich A.: »Das Phantom unseres Ichs« und die Literaturpsychologie. E. T. A. Hoffmann – Freud – Lacan. In: Urszenen. Literaturwissenschaft als Diskursanalyse und Diskurskritik. Hrsg. von F. A. K. und Horst Turk. Frankfurt a. M. 1977. S. 139–166.

Köhler, Gisela: Narzißmus, übersinnliche Phänomene und Kindheitstrauma im Werk E. T. A. Hoffmanns. Diss. Frankfurt a. M. 1971. S. 258–291.

Mahlendorf, Ursula: E. T. A. Hoffmann's »Der Sandmann«. The Fictional Psycho-Biography of a Romantic Poet. In: American Imago 32 (1975) S. 217–239.

Massey, Irving: Narcism in »The Sandmann«: Nathânael vs. E. T. A. Hoffmann. In: Genre 6 (1973) S. 114–120.

Schmidt, Ricarda: E. T. A. Hoffmanns Erzählung »Der Sandmann«

– ein Beispiel für »écriture féminine«? In: Frauen, Literatur, Politik. Hrsg. von Annegret Pelz [u. a.] Hamburg 1988. (Argumente Sonderband 172.) S. 75–93.

Uber, Wolfgang: E. T. A. Hoffmann und Siegmund Freud. Ein Vergleich. Diss. FU Berlin 1974.

Weber, Samuel: Das Unheimliche als dichterische Struktur: Freud, Hoffmann, Villiers de l'Isle-Adam. In: Psychoanalyse und das Unheimliche. Essays aus der amerikanischen Literaturkritik. Hrsg. von Claire Kahane. Bonn 1981. s. 122–147.

Würker, Achim: Das Verhängnis der Wünsche. Unbewußte Lebensentwürfe in Erzählungen E. T. A. Hoffmanns. Frankfurt 1993, S. 87–128.

VI. Abbildungsnachweis

14 Federzeichnung E. T. A. Hoffmanns zum *Sandmann*.
21 Alessandro Graf Cagliostro. Stich von Daniel Chodowiecki, Berliner genealogischer Kalender auf das Jahr 1789.
34 Die Neugierigen beim Opernbesuch. Holzschnitt von Grandville, aus: Petites Misères de la Vie Humaine, Paris 1843.
37 Die mechanische Harmoniumspielerin von Pierre und Henri-Louis Jaquet-Droz, 1774. Musée d'Art et d'Histoire, Neuchâtel.
153 Standfoto aus dem Film »Casanova« von Federico Fellini, 1976. Foto: Pierluigi. – © 1977 Diogenes Verlag AG, Zürich.

Erläuterungen und Dokumente

zu Böll, *Ansichten eines Clowns.* 84 S. UB 8192 – *Die verlorene Ehre der Katharina Blum.* 222 S. UB 16011

zu Borchert, *Draußen vor der Tür.* 107 S. UB 16004

zu Brecht, *Der kaukasische Kreidekreis.* 120 S. UB 16007

zu Brentano, *Geschichte vom braven Kasperl und dem schönen Annerl.* 148 S. UB 8186

zu Büchner, *Dantons Tod.* 112 S. UB 8104 – *Lenz.* 173 S. UB 8180 – *Woyzeck*, 325 S. UB 16013

zu Chamisso, *Peter Schlemihl.* 112 S. UB 8158

zu Döblin, *Berlin Alexanderplatz.* 286 S. UB 16009

zu Droste-Hülshoff, *Die Judenbuche.* 87 S. UB 8145

zu Dürrenmatt, *Der Besuch der alten Dame.* 93 S. UB 8130 – *Die Physiker.* 243 S. UB 8189 – *Romulus der Große.* 96 S. UB 8173

zu Eichendorff, *Aus dem Leben eines Taugenichts.* 120 S. UB 8198 – *Das Marmorbild.* 94 S. UB 8167

zu Fontane, *Effi Briest.* 168 S. UB 8119 – *Frau Jenny Treibel.* 111 S. UB 8132 – *Grete Minde.* 80 S. UB 8176 – *Irrungen, Wirrungen.* 148 S. UB 8146 – *Schach von Wuthenow.* 155 S. UB 8152 – *Der Stechlin.* 181 S. UB 8144

zu Frisch, *Andorra.* 88 S. UB 8170 – *Biedermann und die Brandstifter.* 128 S. UB 8129 – *Homo faber.* 196 S. UB 8179

zu Goethe, *Egmont.* 165 S. UB 8126 – *Götz von Berlichingen.* 176 S. UB 8122 – *Iphigenie auf Tauris.* 112 S. UB 8101 – *Die Leiden des jungen Werther.* 192 S. UB 8113 – *Novelle.* 160 S. UB 8159 – *Torquato Tasso.* 251 S. UB 8154 – *Urfaust.* 168 S. UB 8183 – *Die Wahlverwandtschaften.* 228 S. UB 8156 – *Wilhelm Meisters Lehrjahre.* 398 S. UB 8160

zu Gotthelf, *Die schwarze Spinne.* 93 S. UB 8161

zu Grass, *Die Blechtrommel.* 223 S. UB 16005 – *Katz und Maus.* 192 S. UB 8137 – *Das Treffen in Telgte.* 168 S. UB 16012

zu Grillparzer, *Der arme Spielmann.* 167 S. UB 8174 – *König Ottokars Glück und Ende.* 112 S. UB 8103 – *Weh dem, der lügt!* 103 S. UB 8110

zu Hauptmann, *Bahnwärter Thiel.* 54 S. UB 8125 – *Der Biberpelz.* 104 S. UB 8141 – *Die Ratten.* 183 S. UB 8187

zu Hebbel, *Maria Magdalena.* 96 S. UB 8105

zu Heine, *Deutschland. Ein Wintermärchen.* 208 S. UB 8150

zu Hesse, *Demian. Die Geschichte von Emil Sinclairs Jugend.* 86 S. UB 8190 – *Der Steppenwolf.* 156 S. UB 8193 – *Unterm Rad.* 110 S. UB 8200

zu Hölderlin, *Hyperion.* 339 S. UB 16008

zu Hoffmann, *Das Fräulein von Scuderi.* 136 S. UB 8142 – *Der goldne Topf.* 160 S. UB 8157 – *Klein Zaches genannt Zinnober.* 170 S. UB 8172 – *Der Sandmann.* 172 S. UB 8199

zu Hofmannsthal, *Jedermann.* 88 S. UB 16003

zu Horváth, *Jugend ohne Gott.* 148 S. UB 16010 – *Geschichten aus dem Wiener Wald.* 139 S. UB 16016

zu Ibsen, *Nora (Ein Puppenheim).* 86 S. UB 8185

zu Johnson, *Mutmassungen über Jakob.* 144 S. UB 8184

zu Kafka, *Der Proceß.* 230 S. UB 8197 – *Das Urteil.* 144 S. UB 16001 – *Die Verwandlung.* 196 S. UB 8155

zu Keller, *Kleider machen Leute.* 108 S. UB 8165 – *Romeo und Julia auf dem Dorfe.* 88 S. UB 8114

zu Kleist, *Amphitryon.* 160 S. UB 8162 – *Das Erdbeben in Chili.* 151 S. UB 8175 – *Das Käthchen von Heilbronn.* 162 S. UB 8139 – *Die Marquise von O…* 125 S. UB 8196 – *Michael Kohlhaas.* 111 S. UB 8106 – *Penthesilea.* 159 S. UB 8191 – *Prinz Friedrich von Homburg.* 204 S. UB 8147 – *Der zerbrochne Krug.* 157 S. UB 8123

zu J. M. R. Lenz, *Der Hofmeister.* 183 S. UB 8177 – *Die Soldaten.* 88 S. UB 8124

zu Lessing, *Emilia Galotti.* 109 S. UB 8111 – *Minna von Barnhelm.* 111 S. UB 8108 – *Miß Sara Sampson.* 93 S. UB 8169 – *Nathan der Weise.* 175 S. UB 8118 zu H. Mann, *Der Untertan.* 162 S. UB 8194

zu Th. Mann, *Mario und der Zauberer.* 104 S. UB 8153 – *Der Tod in Venedig.* 196 S. UB 8188 – *Tonio Kröger.* 102 S. UB 8163 – *Tristan.* 96 S. UB 8115

zu Meyer, *Das Amulett.* 68 S. UB 8140

zu Mörike, *Mozart auf der Reise nach Prag.* 117 S. UB 8135

zu Nestroy, *Der Talisman.* 96 S. UB 8128

zu Novalis, *Heinrich von Ofterdingen.* 236 S. UB 8181

zu Schiller, *Don Carlos.* 238 S. UB 8120 – *Die Jungfrau von Orleans.* 160 S. UB 8164 – *Kabale und Liebe.* 147 S. UB 8149 – *Maria Stuart.* 214 S. UB 8143 – *Die Räuber.* 232 S. UB 8134 – *Die Verschwörung des Fiesco zu Genua.* 263 S. UB 8168 – *Wallenstein.* 294 S. UB 8136 – *Wilhelm Tell.* 111 S. UB 8102

zu Schneider, *Schlafes Bruder.* 104 S. UB 16015

zu Schnitzler, *Reigen.* 152 S. UB 16006

zu Shakespeare, *Hamlet.* 264 S. UB 8116

zu Sophokles, *Antigone.* 86 S. UB 8195

zu Stifter, *Brigitta.* 85 S. UB 8109

zu Storm, *Hans und Heinz Kirch.* 94 S. UB 8171 – *Immensee.* 88 S. UB 8166 – *Der Schimmelreiter.* 101 S. UB 8133

zu Tieck, *Der blonde Eckbert / Der Runenberg.* 85 S. UB 8178

zu Wedekind, *Frühlings Erwachen.* 204 S. UB 8151

zu Weiss, *Marat/Sade.* 189 S. UB 16002

zu Zuckmayer, *Der Hauptmann von Köpenick.* 171 S. UB 8138

Philipp Reclam jun. Stuttgart